川村毅戯曲集 2014–2016

生きると生きないのあいだ

ドラマ・ドクター

愛情の内乱

論創社

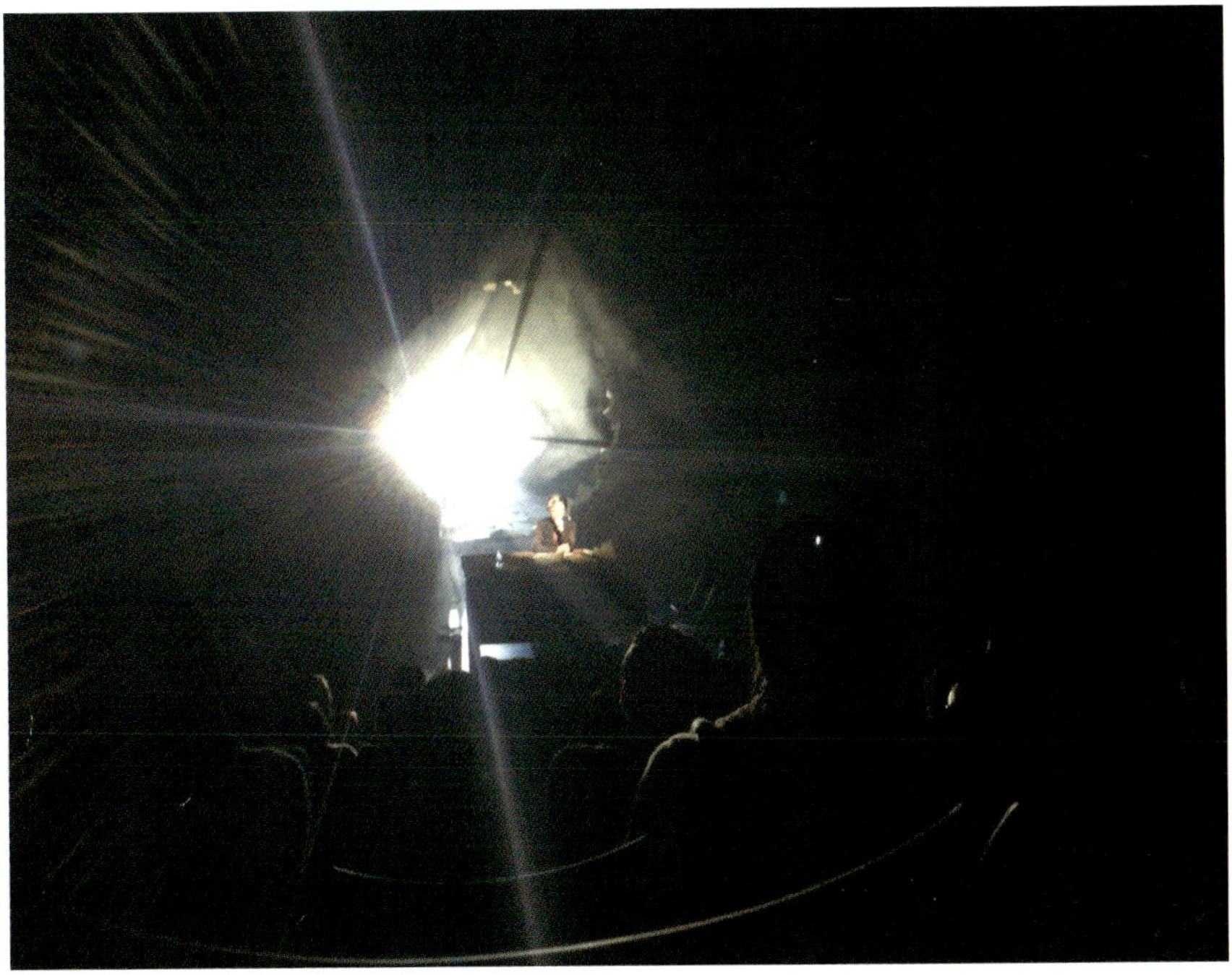

『ドラマ・ドクター』
ラストシーン

KICHIJOJI THEATRE
吉祥寺シアター
2014年9月27日〈土〉→10月5日〈日〉
作／演出＊川村毅
生きると生きないのあいだ
Cast:
柄本明
＊
川口覚
笠木誠
岡田あがさ
戸辺俊介
手塚とおる
伊藤克
TFACTORY

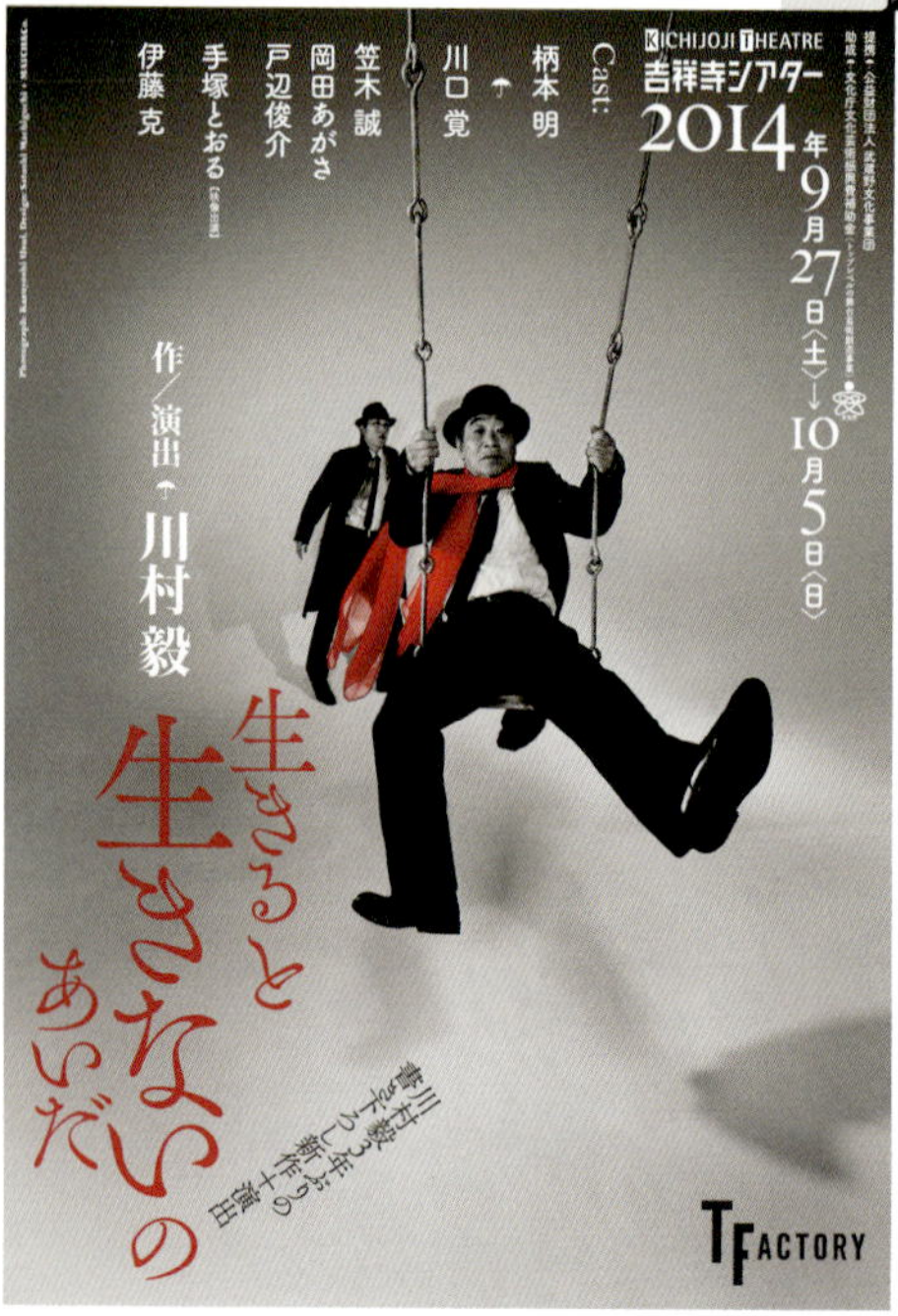
KICHIJOJI THEATRE
吉祥寺シアター
2014年9月27日〈土〉→10月5日〈日〉
Cast:
柄本明
川口覚
笠木誠
岡田あがさ
戸辺俊介
手塚とおる
伊藤克
作／演出
川村毅
生きると生きないのあいだ
川村毅3年ぶりの
書き下ろし新作＋演出
TFACTORY

川村毅戯曲集　２０１４—２０１６

川村毅
新作・演出
愛情の内乱
会期：2016年5月12日【木】→25日【水】
CAST
白石加代子
兼崎健太郎
末原拓馬
大場泰正［文学座］
笠木誠
蘭妖子
母と3人の息子たち。
母の愛、それは凶悪!? 恐怖のご家庭残酷喜劇!?
T FACTORY
KICHIJOJI THEATRE
吉祥寺シアター
Tel.0422-22-0911 武蔵野市吉祥寺本町1-33-22

ドラマ・ドクター
川村毅
新作・演出
CAST
河原雅彦
末原拓馬
岡田あがさ
堀越涼
笠木誠
伊藤克
ドクター、助けて。
さらば物語と言えない私たち……。
ひとはなぜ物語を〝ひつよう〟とするのか……。
ひとはなぜ物語を〝ひつよう〟とするのか……。
ひとはなぜ物語を〝ひつよう〟とするのか……。
ひとはなぜ物語を〝ひつよう〟とするのか……。
T FACTORY
提携：公益財団法人 武蔵野文化事業団／助成：文化庁文化芸術振興費補助金（トップレベルの舞台芸術創造事業）
2015年10月23日【金】→11月2日【月】
KICHIJOJI THEATRE
吉祥寺シアター
Photograph: Hideyuki Sato, Design: Satoshi Madaguchi・MATCHBOX

目次

生きると生きないのあいだ

●登場人物

ハリー
ジョニー
マリオ
アーサー（老人）
メイ
サム
男

1

デスクの上の旧式の黒電話が、虫の音のように鳴る。ハリーが、部屋に入って来て、受話器を取る。

ハリー　便利屋ハリー。はいはい、わかってるよ、いつものとおりね。え？　五時二十四分？　いつも八時には間に合ってるんだけどね。五時二十分にゴミ収集車が来るかね？　ああ、二十四分ね。決まったって、どこが決めたの？　さまよえる飼い猫が。あっそう。……はいはい、わかったよ。ドアの前に出しておいてちょうだい。（受話器を置く。離れようとすると、すぐに鳴る）便利屋ハリー。……わかりました。いつもの時間に伺いますから。ご心配なく。ごきげんよう。（受話器を置く）

ハリーは、カゴのカナリアに餌をやる。
ハリーは、植木鉢の植物に水をやる。
ハリーは、水槽のメダカに餌をやる。
ハリーは、ガラスケースのリクガメに餌をやる。

黒電話が、か細く鳴る。ハリーは、受話器を取る。ジョニーがやってくる。

ハリー　便利屋ハリー。……はい。人助けはしますがね、人助けにならない時もあります。こっちが人助けだと思っても、そうじゃない時があります。いや、人助けをやりますがね、助けないことが、人助けになることもあります。はい、どうも。（受話器を置き、ジョニーを見て）よくわからないやつだな。

ジョニー　……。

ハリー　なにしに来た？

ジョニー　……。

ハリー　なにを言いに来た？

ジョニー　……。

ハリー　生きてるのか？

ジョニー　……。

ハリー　生きてないのか？

ジョニー　……。

ハリー　帰ってくれ。

ジョニー　……。

ハリー　文句があるんだな。

ジョニー　……。

ハリー　文句があるなら、言ってみな。

ジョニー　……。

ハリー　ないのか？

ジョニー　……。

ハリー　あるのか？

ジョニー　ぼ・ぼ・ぼ・ぼ・ぼ。

ハリー　明智小五郎のところへ行くんだな。

ジョニー　……そ・そ・そ・そ。

ハリー　……ソから始めるなよ。

ジョニー　……ド・ド・ド・ドー。

ハリー　……もう帰んな。

ハリーは、部屋を出る。ジョニーは、事務所を見回す。カナリア、メダカ、リクガメなどを観察する。

黒電話が鳴る。ハリーが戻って来る。ジョニーは立ったままでいる。

ハリー　（受話器を取り）便利屋ハリー……。

受話器を戻す。ハリーは、デスクの椅子に座って壁のほうを向く。

ハリー　どうも。……そりゃ大変だ。……あれあれ。……ああ、そうですか。……まったくねえ。……まあ、どういうことなのかねえ。そんじょそこらってわけにもいかないしねえ。……なんだかんだねえ。よくわかんないけど、わかったよ。まあ、無理しないで。それなりに、それなりに。はい、それじゃあ、また。（ジョニーを見て）誰なんだ？

ジョニー　……。

ハリー　ここには、誰も来ないはずなんだがな。

ジョニー　ジョ、ジョ、ジョニーです。

ハリー　名前を聞いてるんじゃない。誰だ？

ジョニー　だだだ、誰でも、あああ、ありません。

ハリー　誰でもないか。最初、どうやってここを見つけた？

ジョニー　まま、迷って、ぐぐ、ぐうぜん。

ハリー　猫みたいなこと言いやがる。

ジョニー　はははは。

ハリー　なに笑ってんだよ。

ジョニー　働きたいんです。

ハリー　ん？
ジョニー　はははははは。
ハリー　笑ってんじゃないよ。
ジョニー　(傷つく)
ハリー　無理だよ。おまえさん、ライセンスを持ってるかね。
ジョニー　？
ハリー　便利屋のライセンスだよ。持ってないだろ。もうちょっと成長してから来るんだな。だが、成長した時には、おまえさんはもう忘れてるさ。ここは天国じゃない。ミルクをやるから、舐め終わったら出ていってくれな。
ジョニー　……。

マリオが必死の形相で入って来る。カナリアが鳴き出す。

ハリー　おまえ、もう来るなって言っただろ！
マリオ　助けてくれ。
ハリー　もう助けたよ。
マリオ　しくじった。
ハリー　またかよ。

マリオ　しくじりどおしの人生だ。
ハリー　おまえに人生はない。
マリオ　頼む。
ハリー　私がやれることはすべてやったつもりでいます。
マリオ　長いつき合いだろ。
ハリー　どうしろってんだ。
マリオ　指詰めなきゃ、事はおさまらないんだ。
ハリー　十日前に詰めただろうが。
マリオ　自分じゃ怖くてできないんだよ。

マリオはデスクの上に左手を置く。

ハリー　生意気に新しい指が生えてやがる。

ハリー、引き出しから包丁を取り出し、マリオの小指を切る。

マリオ　痛くないっ。（小指を小瓶に入れ）ありがとう、また来るよ。（走り去る）
ハリー　もう来るな。（ジョニーに）わかったか、ここは未来のある若者が来るところじゃない。顔色、悪いよ。トイレはそこだよ。

カナリアが鳴き止んでいる。ハリーは、部屋を出る。ジョニーは、便器に座る。

ジョニー　……。

チェロの音色が遠くから聞こえて来る。ジョニーはそれに耳をすませる。銃声が聞こえる。同時にチェロが止む。カナリアが鳴き出す。ジョニーは、便器から立ち上がる。胸を血だらけにしたマリオがよろよろと歩いて来る。ジョニーに気づいて、

マリオ　死ぬのはいやだ、死ぬなんてまっぴらだ……

マリオはジョニーの胸に倒れ込み、ジョニーがマリオを抱きとめる格好になる。

マリオ　(ジョニーに) 病院連れてってよ……

ジョニー　がが、がんばってください。今きゅきゅきゅきゅきゅきゅきゅきゅ……

マリオ　ふざけないでくれよ。

いつしか背後にハリーがいる。

ハリー　そいつから離れな。
ジョニー　でで、でも……
ハリー　いいから、離れなって。せっかく指詰めてやったのに、いつだって切り損だよ。
マリオ　生きたい、生きたい。
ハリー　離れろって。（引き離す）
マリオ　生きたい、生きたいよお……

マリオは、よろよろと暗がりに消える。カナリアが鳴き止んでいる。

ハリー　どこかで会ったか、あんた。
ジョニー　……。

2

ジョニーがどこかの便器に座っている。

ジョニー

一日目、ハリーの事務所に行くと、そこにはハリーがいた。事務所にはほかの生き物たちもいた。夕暮れ色のカナリア。砂漠色のリクガメ。草原色のオリーヴ。水色のメダカ。故郷の深夜食堂のレジにメダカの水槽があったのを思い出した。水槽の底には銀色のピストルが沈んでいた。

留守にした部屋の植木鉢のことが心配になった。でも、だいじょうぶと自分に言い聞かせた。カゲロウ草にはおいしい水をたっぷりあげたから。事務所が入っているビルから鋪道に出ると、乾いた風が頬を撫でた。裏通りのカフェでジンジャーエールを注文して、父親の写真を眺めた。若い時のものだ。心霊写真のようにぼんやりしていて、どういう顔なのかよくわからない。微熱があった。もう何年間も微熱は下がらない。遠くでチェロの音色が聞こえた。

二日目、ハリーの事務所にいくと、そこにはハリーがいた。ハリーは、なにかをしていた。常になにかをしていた。空気は乾いていた。ハリーの顔を見ると、やたら喉が渇いた。その日の帰りは、ビルの近くの崩れそうなバーでダーク・ビールを飲んだ。すぐに酔っ払って寝た。ひさしぶりに夢を見なかった。

三日目、ハリーの事務所にいくと、そこにはハリーがいた。ハリーは、なにかをしていた。デスクの上の旧式の黒電話が、虫の音のように鳴り続けた。ハリーが言った。「猫の手も借りたいほどなんだが、おまえが猫ほど賢いかわからない。たぶん二日ともたないだろうが」

そうして、ぼくに仕事を任せた。人生で初めて就職活動が成功した。

3

ハリーが壁を向いている。

ハリー　そこそこやっていくしかないんじゃないかねえ。……いやいや、なかなかそうもいかないだろうし。結局、あれはあれでしょ。なにはどうしてんの？　ふーん。それもそれでどうしたもんかねえ。……だめだよ、だめだめ。どこをどうしたってだめ。（ジョニーが入って来る）でもね、そうね、それはそれとしていいかも知れないね。まあ、やってみなさいよ、やってみることですよ。それはそれで誰に迷惑かかるってことでもないし。あんたも、あれでしょ、そんじょそこらのなにであるわけでもないし。……いいんじゃないすか。それじゃ、また。あ、社長は元気？　ああそう。それはそれは。よろしく言っといて。あんたも無理に元気出さなくていいから。それなりにやったらいいよ、それなりに。はい、じゃ、また。（ジョニーに気がついて）労働したか？

ジョニー　（うなずく）

ハリー　人はなんで労働しなきゃならないのかって考えたことあるか？

ジョニー　（うなずく）

ハリー　あるのか。なんでだ？

ジョニー　？

ハリー　人間はなんで働かなきゃならないんだ。

ジョニー　かかかか、哀しいからです。

ハリー　なかなかやるな。

ジョニー　どどど、どうも。

ハリー　フライデーは元気だったか？

ジョニー　？

ハリー　フライデーのご機嫌はいかが？

ジョニー　え？

ハリー　犬だよ。

ジョニー　だだ、大丈夫です。

ハリー　飽きっぽいやつだから、たまにルートを変えてやるとよくウンチするよ。ウンチはちゃんと持ち帰ったね。いやいや、見せなくていいから。ゴミ出しは？

ジョニー　……。

ハリー　ゴミ出しはしたのか？

ジョニー　そ、それが……

ハリー　不吉な言い出しだな。寝過ごしたね。

ジョニー　（首を横に振る）

ハリー　分別されてなかったわけだ。

ジョニー　……。

ハリー　他人のゴミ袋に手を突っ込むのは気が進まないだろうがね、そういう時は分けてやんなきゃならない。でも、気をつけなさいよ。ゴミを観察しちゃいけない。変な気を起こす時があるからな。

ジョニー　え？

ハリー　他人のゴミに興奮する時があるんだな。わかるだろ。

ジョニー　……。

ハリー　なんだよ、暗い顔しやがって。そうか、人様のゴミに興奮して、かまけてるうちに収集車が行ってしまった。図星だな。

ジョニー　（首を横に振る）

ハリー　怒らないから、嘘はつくなよ。
ジョニー　（首を横に振る）
ハリー　嘘をつくと、嘘でやられるぞ。
ジョニー　（激しく首を横に振る）
ハリー　てめえ、おれの正体見せてやろうか。
ジョニー　けけけけ。
ハリー　変な笑い方すんなよ。
ジョニー　けっこうです。
ハリー　なにがけっこうなんだよ。
ジョニー　ごごご、ゴミ袋が出てなかった。どどど、ドアの前に出てなかった。……うう、嘘じゃない。
でで、出てなかった。
ハリー　そういう時はだな、ドアをがんがん叩いて、女を起こすんだ。いいか、あのマンションの女は、ゴミを出してやらないとゴミに埋まって死んじまうんだ。生きたいと思って、ゴミ出しを頼んでるんだ。死にたくはないだろ？
ジョニー　？
ハリー　死にたくはないだろ、おまえ？
ジョニー　（うなずく）
ハリー　それなら、叩き起こしてやるべきだったな。

ジョニー　で、でも……
ハリー　なんだよ。
ジョニー　ししし、死ぬのは、ぼぼぼ、ぼくじゃない。
ハリー　（ジョニーをじっと見つめる）
ジョニー　（おびえる）
ハリー　死ぬのは他人ばかりと思っているなら、大間違いだぞ。

ハリーは窓辺に近づき、窓を開ける。街の喧噪が流れ込む。

ハリー　見ろ。人だらけだ。だが、百年後にはこのなかの誰もいないだろう。おまえさんもそのなかのひとりだ。いずれ、ひとっこひとりいなくなる。同じ時代に生きてるってのは、同じ時代にいなくなることだ。この現実に耐えられるか？　耐えられないんだったら、この仕事はできない。
ジョニー　どど、どうせ死ぬんだったら、たた、助ける必要もないでしょう。
ハリー　そう思うなら、やめることだ。

ジョニーは歩きだす。

ハリー　まあ、おまえさん、続いたほうだよ。実りある人生を送ってくれ。

ジョニー　や、やめません。おお、女の人を起こしてきます。
ハリー　収集車はもう来ないよ。
ジョニー　なな、なんとかします。
ハリー　エラソーなこと言ってくれるね。ゴミが出てなかったことをなんで早く言わなかったんだ。
ジョニー　そそそ、それを言うと、おおお、女の人のせいになってしまうから。
ハリー　……（出て行こうとするジョニーに）待てよ。ゴミ出しはいいから、別の依頼主を頼む。眠りに落ちるまで見ていてあげるんだ。それだけでいい。何も言わずに、見ていればいい。つきあいの長い依頼人だから、丁重にね。これ、住所。

ジョニーは差し出された紙切れを受け取り、出て行く。ハリー、窓辺から空を見上げ、

ハリー　緑色だ。今夜のお月様はわがままだな。

デスクの上の黒電話が自信なさげに鳴る。ハリーは受話器を取り、

ハリー　……ああ、すまなかったね。ゴミはドアの前に出しておいて。……ゴミ溜まったって死にゃしないよ。なんとかするから。はいはい、わかってるから。そこそこに、そこそこに。

ハリーが受話器を置くと、ジョニーが戻って来る。

ハリー　早いな。
ジョニー　ねねね、眠りました。
ハリー　なんで眠ったってわかるんだ。
ジョニー　……。
ハリー　目を瞑っているだけかも知れないだろ。
ジョニー　しししし、死んだみたいな顔になったから。
ハリー　死んだのかも知れないだろ。
ジョニー　死んだように眠りました。
ハリー　なにをしたんだ？
ジョニー　べべべ、別に。ほほほほ、仏様を見守るように、みみみ見つめていました。
ハリー　そしたら、眠りに落ちたのか。
ジョニー　（うなずく）
ハリー　やるなあ。

黒電話が、か弱く鳴る。ハリー、受話器を取り、

ハリー　はい、便利屋ハリー。……すぐ伺います。（受話器を置く）行くぞ。今夜は眠れないと思え。悪夢で眠れないんじゃない。おれたちが悪夢の登場人物になるのさ。

4

ジョニーが便器に座っている。


ジョニー　静かな住宅地だった。壮麗な屋敷が立ち並んでいた。屋敷たちは鋪道を歩く非居住者すべてを迷い込んだ貧乏人として見下ろしていた。ハリーは昔、医者が往診の際に持ち歩いていたかのような黒いカバンを下げていた。「ここだ」とつぶやくと、巨大な壁に吸い込まれるかのように、一軒の屋敷に入っていった。玄関には白熊の毛皮が敷かれていた。ぼくはそれを跨いでハリーの後につき、広い幅の階段を上がった。

向かった部屋には、それまで嗅いだことのない臭いが充満していた。ピンク色のカーペットに茶色い人型の染みがあり、瀕死の蛆虫が散乱していた。人間から滲み出た水分が床の繊維に絡みつき、染み込んでいた。

生命は水分なのだ。心肺停止したばかりの人間にはまだ生命の残り香のようなものがある。それは体液と呼ばれる水分とともにゆっくりと体の外に流れていく。そういうことなのだ、と思った。

ハリーは黒いカバンからコーンフレークの箱を取り出し、茶色い染みに白い粉をまいた。「何事もなかったかのようにするんだ。何も知らないカップルがこの上で、真っ裸でやれるぐらい、元に戻すんだ」ハリーが言った。

カーペットの隅には蛆虫が集まって固まっていた。その上の壁には茶色に変色した血液の飛沫が、張りついていた。

ハリーの背中はなにも聞くなと語っていたが、やがて自分からしゃべり始めた。

「じいさん、脳天を一発やられちまったんだな。それで一巻の終わりだが、それだけじゃすまなかった。首を切られて脳みそのない頭を飾られたよ」

ハリーはマントル・ピースの上を指さした。頭はなかったが、血が溜まって流れていた。

「よっぽど恨みがあったんだな。だが、これでよかったみたいだ。頭だけになったじいさん、微かに笑ってるよ。脳みそがなくなってせいせいしたんだな」

カーペットの隅の蛆虫の固まりと思っていたのが、人間の脳みそだと初めて理解した。廊下を飛び出してトイレを見つけて、入った。ひとまず撤退というわけだ。便器に座れば、パニックはおさまる。

四方が鏡張りのトイレだった。自分の顔が正面の壁に映っていた。その真っ青な顔の男がじいさんを殺したやつのように思えた。不意に罪悪感に襲われ、力が抜けた。力が抜けただけだ。

これはパニックじゃない。

ハリーがトイレの外から声をかける。

ハリー　大丈夫か。大丈夫じゃないな。当分いていいぞ。
ジョニー　だだだだだだだだだ。（出て来る）
ハリー　こんなもんが転がってたよ。（万年筆を掲げる）聞くか？
ジョニー　？
ハリー　聞いてみるか？　聞いてみて損はないだろう。

ハリーは、万年筆のキャップを回す。すると老人の声が聞こえて来る。

老人の声　「いけすかない母の腹から生まれた俺は、いけすかない両親の愛に恵まれて、いけすかない学校で、いけすかない教師にケツをぶたれ、いけすかない同級生といけすかない友情を結び、いけすかない恋愛をした。いけすかない会社に就職して、いけすかない女と結婚し、いけすかない父のいけすかない遺産を相続して、いけすかない商売を始め、いけすかない金を稼いだ。いけすかないセックスで、いけすかない子供がたくさん生まれた。いけすかないこの家に住む俺は、いけすかない財産を、いけすかない女房や子供には一切やらない。いけすかない生活を送る、いけすかない空気のなかの俺は、いけすかない人生を終えようとしている。

あいつが、いけすかない俺を殺しにやってくる。十五歳の俺だ。あいつに全財産をくれてやる。

あいつが、いけすかない一生を送らずに済むために。

あいつはこの家の門をくぐり、玄関にやってきた。今は扉の前だ。なにを逡巡している。早く入って、俺を殺せ。ドアノブがゆっくり回る。あいつの息遣いがわかる。今の俺がなくしてしまった呼吸のリズム。

ついにあいつが目の前に現れる。俺は呆れ果てる。

あいつは、いけすかない、いけすかないチンカス野郎だ。

だが、この絶望も折り込み済みのものだった。すでに遅い。俺は殺された。全財産は、いけすかないあいつのものだ。人生に幸あれ……」

ハリー　じいさん、自分で死んだな。
ジョニー　くく、首を切ったのは、だだ、誰?
ハリー　じいさん、だな。
ジョニー　（「わからない」というふうに首を横に振る）
ハリー　金持ちのやるこたあ、わからないもんさ。よく覚えときな。

ジョニーはトイレに入り、便器に座る。

5

ジョニーが、便器に座っている。

ジョニー　誰かが見ている悪夢は終わった。あの家で死んだおじいさんが見ていた夢だったのかも知れない。ハリーの言った通り、何事もなかったかのようにして家を出た。外はとっくに朝だった。成功者の家々は、ハリーとぼくを釈放された強姦魔のように見下ろしていた。自分の布団のなかで眠りに落ちると、白熊の夢を見た。白熊がおじいさんなのだった。白熊はパイプをくわえて、煙りをくゆらせていた。ぼくは、彼となにか話している。相手の声も自分の声も聞こえないので、なにを話しているのか、わからない。頭がかゆいので、髪の毛のなかをかくと、指がそのまま頭を突き抜けて、ぼくは直に自分の脳みそをつかんでしまう。そのグニャリとした感触にはっとして目覚めた。

ハリーがトイレの外にいる。つまり、そこは事務所のトイレである。

ハリー　いつまでいるんだよ。（出て来るジョニーに）オナニーしてただろ？

ジョニー　（首を横に振る）

ハリーは、トイレに入る。デスクの上の黒電話が弱々しく鳴る。ジョニーは、トイレを見るが、ハリーが出て来る気配がないので受話器を取る。

ジョニー　もももも、もしもし……

受話器からは、何も応答がないようなので置いて切る。すると、どこからか女の声が聞こえて来る。

女の声　「ハリーじゃないわね。ハリーはどこ？　逃げたの？　逃げたんだ。やっぱり、あたしから逃げたんだ。そういうことね。そういうことじゃないかと思ったの。いずれ、そういう日が来るって感じてた。あなた、誰？　だんだん体がかゆくなってきたの……死ぬわ、あたし……」

ジョニーは、慌てて受話器を取るが、何も聞こえない様子。受話器を置く。ハリーがトイレから出て来る。

ハリー　なに、泡食ってんだよ。

ジョニー　ししし、死ぬって……
ハリー　見たのか？
ジョニー　死ぬって、ここここ、声が……
ハリー　声がしたのか。
ジョニー　（うなずく）
ハリー　おまえさん、なかなかやるなあ。まあ、シャワーでも浴びてきなよ。
ジョニー　……。
ハリー　シャワーを浴びろと言ってるんだ。
ジョニー　あああ、浴びたくない。
ハリー　いいから、ここはおれの言うことを聞け。
ジョニー　……。

ジョニーはバスタブのほうに向かう。バスタブに老人が横たわっている。

ジョニー　ああー！

ハリーが入って来て、老人を確認する。

ハリー　じいさん、ついてきちまったんだ。
ジョニー　え？
ハリー　昨日のじいさんだよ。財布がないか探ってみろ。
ジョニー　（立ち尽くしたまま）
ハリー　今さっきの言葉を取り消すよ。おまえさんは、まだまだだ。

ハリー、老人の衣服のなかを探す。

ハリー　何も持ってないな。これだから金持ちってのは使えない。おまえさん、軽蔑したな。おれのこと軽蔑しただろ。思いっきり軽蔑しなさいよ。品格は養えても、品性ってのはそのままだ。父親の顔ってのを知らないで育った。母親は体を売っておれを育てた。
ジョニー　（なにか言いたいが、言葉が出ない）

ハリーは、デスクの引き出しからゴミ袋を取り出す。

ハリー　ほれ。（ゴミ袋を差し出す）
ジョニー　……。（受け取る）
ハリー　じいさんを農場に連れてってやってくれ。

6

マリオがいる。ジョニーがゴミ袋を引きずりながら現れる。

ジョニー　（声をかけるか、かけまいか逡巡する）
マリオ　納得いかない人生だよ。……納得いかない人生だよ。
ジョニー　……。
マリオ　納得いかない人生だよ、って言ってんだよ！
ジョニー　ああ、そうですか。
マリオ　それだけか。……それだけか、って言ってんだよ！
ジョニー　あの……
マリオ　所詮それだけの人間だ、っていうことか。どうせそんなこったろうと思ったよ。
ジョニー　こ、ここは、どこですか？
マリオ　どうせそんなこったろうと思ったよ。
ジョニー　……。
マリオ　ここはどこですか、ときたもんだ。どうせそんなこったろうと思ったよ！

ジョニー　（通り過ぎようとする）
マリオ　農場だよ。

ジョニーは、ゴミ袋を置いてそのまま立ち去ろうとする。

マリオ　ちょっと待てよ。
ジョニー　（立ち止まる）
マリオ　どう見たって、不法投棄だろ。
ジョニー　すす、すみません。どどど、どうすればいいか、わわ、わからなくて。
マリオ　礼儀ってもんがあるだろ。人んちあがってきたんだからよ。
ジョニー　い、生きてたんですね。
マリオ　そう思うか。
ジョニー　よよ、よかった。
マリオ　いいやつだな。みんなに会ってやってくれよ。
ジョニー　みみ、みんな？
マリオ　シェアしてるんだ。だから、シェア・ハウスってんだな。知ってるだろ。シェア・ハウスってのは、トレンドなんだよ。紹介するよ。あそこの木の下で昼寝をしているのが、ベンだ。（歩いて）ベン、悪いが、ちょいと起きてくれ。こいつは……なんて名前だ？

ジョニー　ジョニー。
マリオ　だそうだ。ベンは生まれてまだ一月しか経っていない。生まれる前は板金工場で働いていてね、Tボーンステーキが大好物なんだ。歯がないから今はTボーンステーキを蛇みたいに丸呑みさ。それですぐ腹からそのTボーンステーキを取り出して、また丸呑みするんだ。社会学者によると、こいつを幸せな循環っていうんだってさ。起きたな、ベン。あれ、いきなりダンベル体操を始めやがった。「運動しないと体が腐ってくるよお」とかぬかしやがった。あれあれ、重いもん持ったもんだから、腕がもげちゃった。馬鹿だなあ。まだ無理は禁物だっちゅうの。困った表情がまだわかるだろ。まだまだ成長過程ってわけだ。だんだん顔が黒くなって本当の人間の顔になっていくんだ。ベンは、ジョニーが生臭いって言ってる。魚と遊んだか？
ジョニー　……。
マリオ　ジョニー、魚と遊んだか？
ジョニー　いい、いや。
マリオ　ははあ、わかった。死にたての肉を運んで来たからだ。帰ったらしっかりボディ・シャンプーで洗うことだ。ここのみんなはきれい好きだからな。池のほとりに行こう。（歩く）水辺にいるのが、スージーだ。彼女はもう半年かな。ピンナップガールをやってて、パンケーキの行列が得意な子さ。どうだい、抜群のプロポーションだろ。ここじゃホネパイって言われてるのさ。おっと、ごめんごめん。こいつはセクハラになっちまう。だがな、スージー、君が骨だけになったら、もっとセクシー度が増してしまうよ、ベイビー。もしかしてジョニーは、君のタイプ

ジョニー　じゃないのか。やっぱりな。握手してやれよ、ジョニー。

マリオ　内気なやつめ。スージーがここにいることにはちゃんとした理由があってね、下半身を池のなかに浸していることによって上半身との違いをみてみようってわけだ。おやおや、スージーが笑ってるよ。わかるだろ。

（ゆっくり腕を伸ばす）

ジョニー　？

マリオ　おまえにはまだわからないんだな。皮膚の笑いじゃない、本当の笑い顔が。おっと泳ぎに出ちゃったな。バタフライだ。ホネパイのバタフライは豪快だよな。（ジョニーに）おい、こら、股間を膨らませてんじゃないぜ。

ジョニー　（自分の股間を見る。膨らんではいない）？

マリオ　お次は砂場だ。（歩く）古参のジョセフだ。面倒見がよくてね、生まれたての新人はみんなジョセフに世話になる。この砂は西部から持って来たものでね。ジョセフは西部の町で保安官をやっていたのさ。東部から来た暴れん坊将軍に撃たれてここに来たんだ。砂の上に弾丸が落ちてるだろ。あれはジョセフの体から転がり出たものだ。おれがここに入った時は、まだちょっと肉が残っていたけど、もうすっかり骨だ。でも、まだまだ育つんだ。雨風に見守られて、骨が崩れて完全に砂と同じになった時、その時初めてまっとうな人間として育ったってことになる。長い道程だ。人間ってのはそれほど精進しなきゃってことだ。西部の町の保安官だってのに、えらいだろ。みんなジョセフを尊敬してるんだ。次はコンクリートの上に寝そべってるトムとエミリーに会わせよう。（歩く）おっと、見えるか、あっちの草原にみんなが集まってる。オクラホマ・ミキサーで余計な肉を削ぎ落とすって寸法だ。行こうぜ、レッツ・ダンス！

ジョニー　あの……

マリオ　なんだよ。

ジョニー　もういいです。

マリオ　なんだと。ぶち殺されてーか、てめー。

老人が現れる。

老人　すみません。

ジョニーとマリオは振り返る。

老人　ここはどこでしょう。

ジョニー　！

マリオ　新しく入所した方だね。

老人　そういうことなのでしょうか。

マリオ　こっちにどうぞ。ジョセフが、ここの規則を教えてくれると思いますよ。

老人　（空間に腕を伸ばし）初めまして、わたくし、アーサー・ローゼンと言います。

ジョニー、走り去る。

マリオ　おい、おまえ……

7

無人の事務所。黒電話がやる気がなさそうに鳴る。ハリーがやって来て、受話器を取る。

ハリー　便利屋ハリー。

受話器を置く。壁にメイの顔が大きく現れる。あたかも壁から顔が浮き出て来たかのようだ。

メイ　頭がもやもやするのよ。振り払おうとしても取れないの。

ハリー　ふーん。そりゃ大変だ。

メイ　だから明かりを消して鏡の前に立ってるの。こうしていると落ち着くから。三週間前と同じ。

ハリー　あれあれ。

メイ　人のことを考えると苦しいから、自分のこと考えることにしたの。それはなんにも考えてないことと同じだから、とっても楽なのよ。

ハリー　ああ、そうですか。まったくねえ。

メイ　どういう意味か、だって？

ハリー　まあ、どういうことなのかねえ。

メイ　自分のことが嫌いな人間が、自分のことを考えるのは、なにも考えていないのと同じだってこと。

ハリー　そんじょそこらのってわけにもいかないしねえ。

メイ　暗くて見えない鏡の前にずっといると、嫌いな自分の人生を考える。わかる？

ハリー　なんだかんだだねえ。

メイ　人生よ。そう考えるとね、あたしには人生と呼べる時間がなかった。人と共有する時間が人生。あたしにはそういうことがなかった。気持ちいいくらいになかった。わかる？

ハリー　よくわからないけど、わかるよ。わからないけどね。

メイ　「あの人の人生は」って他人に語られなければ、人生はないんだわ。でも、そうだとすると、あたしのひとりっきりの時間って、なんなの？

ハリー　そこそこやっていくしかないけどね。

メイ　他人との時間がないあたしは、どこにもいないあたしってことね。

ハリー　なかなかそうもいかないだろうし。結局あれはあれでしょ。なにはどうしてんの、なには？

メイ　男のことをいってるの？　彼には悪いことしたわ。水族館に連れていかれたんだけど、休日だったのがよくなかったみたい。にぎやかな明るさに我慢できなくて。でも、明るいのは家族やカップルのせいだけじゃない。今の水族館が全体的にあんなに明るいとは知らなかった。あたしの子供の頃の記憶だと水族館は暗かったのよ。

ハリー　なるほどなるほど。

メイ　誤算だったわ。あたしはずっとクラゲの水槽の前で立ち尽くしていた。知ってる？　クラゲのあたりは妙に暗いのよ。暗いのはそこだけだった。でも結局、水が好きな女なんだわ。一日中雨っていう日が好きだから。

ハリー　ふーん。それもどうしたもんかねえ。

メイ　晴れた日の朝って最悪。眠っているあいだ、自分はなんか変なことしたんじゃないかっておびえるの。眠ったまま、夜の街に繰り出して、知らないうちに罪を犯してるんじゃないかって。一日中雨の日は気分がよかった。雨で自分の罪が流される気がしたし、それこそ自分が水槽のなかの生き物に思えたし。だから、あの日水族館に行ったんだけど、その日から雨の日もだめになってしまった。雨の日の朝、目覚めると、休日の水族館のにぎやかさが頭のなかをぐるぐるまわって、布団のなかであたしはつぶやくの。死ね、死ね、みんな死んでおしまい……

ハリー　だめだよ、だめ。どこをどうしたってだめ。
メイ　本当はあたしのこと、頭がおかしい女だと思ってるでしょう？
ハリー　そうね。
メイ　あたしは自分は頭がおかしいと思っています。頭のおかしい人間は、自分ではおかしいと思っていないというのは間違いだわ。あたしは、きっちり頭がおかしい。自分の体が日々腐っていくのがわかる。腐敗を止めるには、ゾンビみたいに人の肉を食べなきゃならないんだけど、他人との時間を持たないから無理なのよ。……夜が染みて来る。腐った体に夜が染み込んで来る。あたしはゾンビにもなり切れない。
ハリー　でも、それはそれとしていいかも知れないな。
メイ　待ってるからね。時間が空いたら来てね。中央線のいつもの駅のホーム。上りの進行方向の一番先頭。待ってるから。でも、無理して来なくたっていいの。待ち続けるのは苦痛じゃないから。待ってるあいだはなにも考えなくてすむから。
ハリー　まあ、無理しないで。それなりに。
メイ　じゃあね、ハリー。元気で。

メイは消える。いつしかジョニーがいて、様子を見ていた。

ハリー　いたんだな？

ジョニー　（うなずく）
ハリー　見えたのか？
ジョニー　（うなずく）
ハリー　行くぞ。

ハリーとジョニーは事務所を足早に出る。

8

ジョニーが便器に座っている。

ジョニー　ハリーとぼくは、タクシーを拾って駅に向かった。ハリーは運転手に、「アフリカの平原をイメージして急げ」と告げた。運転手は、「映画のなかのカー・チェイスしかイメージできない」と答えて、ポパイ刑事のように車を飛ばした。なんでこんなことを知っているのかというと、ぼくは十数年間、昔の映画を見たり、もっと昔の小説を読んでばかりの生活をしていたからだ。街は黄砂が舞い散っているかのように黄色だった。駅構内はさらに黄色く、ホームは黄色い霧がかかっているようだった。ホームの先に赤いコートが見えた。ハリーはそれに向かって、ゆっくり歩を進めた。

ハリーとメイが向かい合っている。

ハリー　こんにちは。
メイ　あら、どしたの、こんなところで。
ハリー　野暮用ですよ。
メイ　あたしね、一度人に聞いてみたかったの、野暮用って、どういう用事なのかって。
ハリー　それは、あなた、野暮な用事ってわけですよ。
メイ　それって、具体的にどういう用事を指すの？　野暮じゃない用事との違いは何？
ハリー　具体的も、違いもあるもんじゃない。野暮という名前の用事のことです。
メイ　それにほかの名前はないの？
ハリー　生きるってことでしょう。
メイ　……。
ハリー　野暮な用事ですよ。そういうふうに考えていたほうが、用事をこなせる。
メイ　お元気？
ハリー　元気です。

メイ　よくそういうこと言えるって、それも感心するの。元気ってどういう状態のことを指すの？
ハリー　それはね、「お元気」と聞かれた時の状態のことですよ。
メイ　そうか、そうだったんだ。でも、その時元気じゃなかったとしたら。どうするの？
ハリー　だから、元気か元気じゃないというのは、ほとんど関係がなくて、「お元気」と聞かれた時の状態そのもののことを言っているのであって、聞かれなければ、いっこうに元気じゃなくていいんですよ。
メイ　なんか、すっきりした。聞いてみて、あたしに。
ハリー　お元気ですか？
メイ　元気です。わあ、言えたわ。
ジョニー　その時、ホームに電車が入って来た。

メイは半ば無意識に歩を進める。

ジョニー　あ……

ハリーがメイの肩のあたりを押さえると、気を失ったかのようにハリーに傾く。ハリーは抱きとめる。

ジョニー　電車が止まり、ドアが開いた。
ハリー　お元気ですか？
メイ　……元気です。
ハリー　どうしました？
メイ　野暮用です。野暮な用事です。忙しいんです。ごきげんよう。（去る）
ジョニー　女性は、電車に乗った。車体はアフリカ象のように動き出して、黄色のなかに消えていった。ゴッホの麦畑の絵の中に消えていくかのようだった。現実感が少しだけ戻った。でも、その現実感とやらもあやふやだった。ハリーは黙ったまま、ホームの自動販売機で缶コーヒーをふたつ買い、ひとつをぼくによこした。無糖のコーヒーだった。一口すると、ハリーはつぶやいた。
ハリー　まつげの長いピューマは、温室育ちらしいな。
ジョニー　……。
ハリー　かっこいいよな、まつげの長いピューマってのは。
ジョニー　それから、駅の近くのラーメン屋でワンタンメンを食べた。ハリーは汁を一滴残さず飲み干し、「塩分過多だ」と大声を上げた。店員たちがじっと見ていた。
その夜は、久しぶりによく眠った。夢に父親らしき男が現れた。夢の中で父親は泥棒をしていた。顔がなかった。会ったことがないからだろう。（チェロの音色が聞こえて来る）
そして、ぼくは事務所のトイレに座っている。誰かがチェロを弾いている。世界の終わりのような夕暮れに、必ずどこからか聞こえて来る。でも、どこで演奏しているのか、わからない。誰もいないからだ。

ジョニーがトイレから出ると、マリオが車椅子に乗った老人、アーサーを押してやって来る。チェロの音色が消えて、カナリアが鳴き始める。

ジョニー　え……

マリオ　まあ、そういうわけだ。

アーサー　まあ、こういうわけだ。

マリオ　じいさん、散歩させろってうるさくてね。

アーサー　自分が歩きたかったくせに、そうやって人のせいにするんだ。シャイなんだな。

マリオ　（ジョニーに）助けてくれ。

ジョニー　……。

マリオ　しくじった。しくじりどおしの人生だ。

アーサー　やっぱりシャイなんだな。

マリオ　頼むからさ。間に合わないんだ。長いつき合いだろ。指詰めなきゃ、事はおさまらないんだ。

アーサー　（笑う）ハハハハハハハハハ。

マリオ　自分じゃ怖くてできないんだよ。

マリオはデスクの上に左手を置く。

マリオ　見ろよ、新しい小指が生えてるよ。

ジョニー、引き出しからナイフを取り出し、マリオの小指を切る。マリオは小指を小瓶に入れ、

マリオ　ありがとな、また来るよ。(走り去る)

アーサー　いやはや、人生いろいろとはよく言ったものですなあ。どうです、あなたも。

ジョニー　え?

アーサー　ひとつ、私を殺した豚野郎を探して、目の玉くりぬいて、キンタマつぶしていただけませんかね。

ジョニー　でででで、できません。

アーサー　そうでしょうなあ。いやいや失礼。最近気分がとみにサイコーでしてね。脳みそがないから、健康体です。私は今幸せをかみしめている。さて、階段まで押していただけますかな。

ジョニーは、車椅子を押す。

アーサー　いやはや、いけすかない脳みそが飛び散ってからというもの、人の痛みや苦しさを感じ取れるようになった。いけすかない野郎どもは、一度まとめて脳天かちわってやったほうがいい。（不意に興奮）馬鹿はどこまでいっても馬鹿なんだよ、それがわかんねえ馬鹿がまた馬鹿なんだよ。（礼儀を取り戻して）いやはや、このいけすかない世界は、資本主義のせいとばかりは言えない。結局、人間の脳みそってやつが……階段の降り口のところまでいってください。あとは自力で落ちますから。大丈夫。一階までちゃんと落ちますから。ズンゴロゴロゴロって。愉快だねえ。幸せ者の、私。

アーサーとジョニーは去る。ジョニーが戻って来る。アーサーが、階段を転落していく笑い声が聞こえる。

アーサーの笑い声　ハハハハハハハハハハハハハハハハハ。

ジョニー　お見事。

カナリアは鳴き止んでいる。黒電話が虫の音のように鳴る。ジョニーは、受話器を取る。

ジョニー　……。

ジョニーは、受話器を置く。壁に男の顔が現れる。

男　ハリーか。

ジョニー　……（言おうとするが、言葉が出ない）

男　いるな、ハリー。あんたの気配がするよ。あれからいろいろあってね、もう余命いくばくもない。ずっと前から動物たちと暮らしているよ。人間と暮らしているとすぐ嫌いになるけど、動物たちは大丈夫だ。

死ぬんだって決まると、おれの人生は何だったのかと思ってね。だから、役所に応募して役人になって、公園を作ったんだ。最後には人様のためになることを残したいって思ったんだ。人間ってのは、そういうもんだよ。

……笑ってるな。（笑う）そう、その通り、公園をあの土地に作ったのには別のわけがある。いつまで笑ってるんだ。でも、笑えるよな。他人が大嫌いなおれが、他人のために何かを残したいなんてな。よく言うよ、と思ってるだろ。その通りだ。

前にあんたに話したように、おれは十五歳の夏、人を殺した。夜だった。水路があってね、そこは歩道として使われていて、森に囲まれていた。おれは、森の茂みに隠れていた。八月の虫が鳴いていた。その夜は人を殺そうと決意していた。そこで、千鳥足で歩いて来る男の人をナイフで刺したんだ。刺した瞬間、相手の肩越しから、高架水槽が見えた。空に突き出た高架水槽のすぐ横には満月が輝いていた。

死体を森に埋めた。この殺人はすぐに発覚するものと思っていたのが、おれの回りでは何事も起こらずに年月が経っていった。死体はいつまで経っても発見されなかった。おれは、高校を卒業して、その地を離れ、大学に入り、職についた。それからはあんたが知っての通りだ。何事も長続きしない。人間が嫌いなんだ。おれはそれを自分の犯した罪のせいにした。犯罪が発覚しないから、死体が未だ土の下にあるから、自分が罰せられることがないからだと。おれの一生とは、いつ自分に罰が下されるか、それを待つだけの人生だったってわけさ。

十一年前、しばらくぶりに、あの土地に帰った。驚いたね。水路はきれいに舗装されて、森はすべて伐採されていた。死体を埋めた場所はさら地だった。水路を歩いたよ。高架水槽を見上げると、ぐるぐる視界が回って立っていられなくなった。

おれは、そこで死体が掘り起こされて、発見されていないか、あちこちで調べた。どこにもそうした記事はなかった。その代わり、重大な事実にぶち当たったんだ。

殺人の夜、おれが見たと思った高架水槽は、水路が舗装整備された年に建設されたという記述だ。おれが十五歳の時に高架水槽はまだ建っていなかった。すると、おれは、十一年前に見た高架水槽の光景から、あの夜、それを見たと記憶の編集をしていたということなのか。

もし、そうだとしたら、殺人もまた現実ではないのかも知れない。あれは十五歳の妄想のなかで編集された殺人の記憶に過ぎないのではなかろうか。だとしたら、これまでのおれの人生は何だったんだ。

ジョニー　わかっただろう、ハリー。おれが公園を建設したのは、そこに死体が埋まっているかどうか確かめたくて、やったことなんだ。どんどん掘り起こせって言ったよ。人間嫌いのおれが、一番人と関わった時間だった。掘らなくてもいい場所も、掘れと命じた。何も出て来なかった。公園が完成して、おれはブランコに乗ったよ。子供がおおぜい遊びに集まっていた。ご近所のご父兄が、子供嫌いのおれに感謝してくれていたよ。

（歌う）いのち短し　恋せよ乙女……

もうすぐ死ぬんだ。だから、おれを殺しに来てくれないか。あんた、ピストル持ってるだろ。引き出しのなかにピストル隠してるって、よく話してたじゃないか。あるんだろ、ピストル。今確かめてくれよ。（ジョニーは言われた通り、デスクの引き出しから拳銃を取り出す）しみじみ殺しに来てくれよ。しみじみするぜ。動物たちは生かしておいてくれ。猫と犬とウサギと亀、フクロウだ。死ぬのは人間だけでいい。人間だけが、この世からいなくなればいいのさ。ピストルを手にしたろう。あんたの姿が目に見えるようだ。銃口を上げて構えてみてくれよ。しみじみ、でかいピストルだ。スミス・アンド・ウエッソンM29。弾丸は44マグナム。いいなあ、しみじみするよ。その勢いでしみじみ殺してくれよ。

男　（拳銃を構えながら）いいいい、生きてください。

ハリーじゃないな。わかってたよ。おまえは、おれだ。おまえもどこかで人を殺してるんだ。

ただ、忘れてるだけだ。じゃ、またな、ブラザー。

男は、ぶつりと消える。チェロの音色が聞こえて来る。ジョニーは呆然としたまま便器に座る。

ジョニー　……。（手にした拳銃を見つめる）

カナリアが鳴き始める。ジョニーは立ち上がる。デスクのあたりで、サムが椅子に腰かけて見えないチェロを弾いている。

サム　（ジョニーに気づいて、チェロを止め）最初の人間が現れた。

ジョニー　？

サム　やっと人間が近づいてくれた。チェロを弾いていても誰もやって来ない。蝿と蚊とダニしか来ない。やっぱり人望がないんだな。人望ばかりじゃない、人徳もないんだ。地下鉄に乗っていたとする。ひとりの女が「痴漢です」と叫ぶ。人々が振り返るのは決まっておれだ。そこでやってもいないのに、おれは人々の期待に応えようと、「痴漢をしたのは私です」という顔をしてしまう。どういう顔だって？　こういう顔だ。（なんとなくニヤニヤする）おれは逮捕される。逮捕されるとますます期待に応えようとする。やってもいないのに、反省して見せたりする。不運というわけじゃない。人徳がないんだな。あの子とのあいだも最初はそんなふうだったんだよ。おれは別に気があるわけではなかった。それが、「おまえ、あいつに気があるんだろう」

とかまわりから言われてから、そう言われるならそうしようかと思っているうちに、ついには本人から「気があるんでしょう」と言われて、つきあうことにした。「キスしたい顔してる」と言われたから、キスした。別れを切り出されたから、おれは別れようとしたんだけど、たまたま帰り道が一緒の夜があって、不意に振り返られて、「ストーカーね」って言われたから、おれに求められてるのは、ストーカーなんだと合点したわけさ。期待される人間像を一所懸命やるわけさ。

「おまえは女心がわかってない」と近所の人に怒られたから、『女心がわかる本』というのを読んだ。「女心は言葉と裏腹」というのを信じたから、「殺さないで」と言われた時、「殺して」と言ってるんだなって思ったのさ。このことは警察では言わなかった。ハリーに言ったら、強くぶん殴られた。なつかしい思い出さ。許してくれよ、ハリー。（ジョニーを見て）あれ、君、ハリーじゃないな。

ジョニー　ち、違います。

サム　ハリーじゃなきゃ誰だよ。

ジョニー　ジョニーです。

サム　ハリーじゃなきゃジョニーか。なんか変だなあと思ってたんだ。なんで、君はおれとしゃべってるんだ？

ジョニー　チェロが聞こえて……

サム　聞こえたのか？

ジョニー　は、はい。
サム　なんで、ここにいるんだ?
ジョニー　は、働いてるんです。
サム　働くことは哀しいだろう?
ジョニー　(やや驚いて)え?
サム　労働とは、哀しみだよ。
ジョニー　……はい。
サム　自動車工場で働いていたんだ。ハリーはそこの年長の先輩で、一から十まで教えてくれた。「未来の希望」という名前の新車を組み立てたのは、おれたちハリーとゆかいな仲間たちさ。工場でも、ハリーとゆかいな仲間たちは一番優秀だったんだ。乗ったことある?
ジョニー　は?
サム　「未来の希望」だよ。4ドアで四輪駆動のピッカピカだよ、ピッカピカ。君も工場で働いていたの?
ジョニー　ち、違います。
サム　じゃあ、どこで働いてるの?
ジョニー　ここで働いてるんです。
サム　働くために、ここにいるの?
ジョニー　は、はい。

サム　ウソだろ。違うわけがあるんだろ？
ジョニー　なんでそう思うんです？
サム　君には生きていないという存在感がないからさ。
ジョニー　……ちち、父のことを、知りたくて。ぼくが生まれた時、父はもう死んでいましたから。
サム　ハリーの知り合いなんだ。
ジョニー　ハリーという人が、ここ、殺したと、き、聞かされました……。
サム　ハリーがお父さんを殺したってのか。
ジョニー　（うなずく）
サム　初めて聞く話だな。誰から聞いたの？
ジョニー　おじさんです。
サム　その、おじさんってのは、どういうおじさん？
ジョニー　と、遠い親戚です。
サム　なにをやってるの？
ジョニー　バ、バーテンダーです。
サム　どういったバーテンダーだ？
ジョニー　こ、国道沿いの、スス、スナックです。
サム　そいつが、お父さんを殺したのはハリーだと言ったの？
ジョニー　（うなずく）

サム　それで、ハリーを殺しに来たんだ。
ジョニー　違います。知りたいんです。なぜ、父が殺されなきゃならなかったか。
サム　それはたぶん君のお父さんが悪いやつなんだろうな。そうじゃなきゃハリーが殺すわけがない。
ジョニー　だから、そこらへんを知りたいんです。

いつしかハリーが便器に座っている。立ち上がり、歩いて来る。

サム　ハリー。やっと会えたな、ハリー。
ハリー　全部聞いてたよ。
サム　どこから聞いてたんだ？
ハリー　スナックがどうしたこうしたからだ。
サム　それじゃ、ほとんど聞いてないよ、あんた。
ハリー　おまえさんは、そういうことだったのか？
ジョニー　(うなずく)
ハリー　なんで早く言わなかった？
ジョニー　い、忙しくて。
サム　すきを狙って復讐しようとしてたんだよ。そうだろ？
ジョニー　ち、違います。

ハリー　おれが、おまえさんのお父さんを殺したと。知ってるのは、それだけか？
ジョニー　（うなずく）
ハリー　遠い親戚ってのは、とかくそういうことを言いたがるもんだ。
サム　遠い親戚の国道沿いのスナックのバーテンダーだよ。
ハリー　おまえさん、どうするね。本当のことを知りたいか？
ジョニー　知りたいです。
ハリー　だそうだ、サム、話してやれよ。
サム　大事なのはおれたちのほうだよ。ひさしぶりじゃないか、ハリー。
ハリー　サム、おまえは変わらないよ。
サム　昔話をしないかい？
ハリー　だから、息子さんに昔話をしてやれよ。
サム　息子？
ハリー　この青年は、おまえの息子だろう。
サム　なに言ってんだよ。
ハリー　お父さんの名前は？
ジョニー　サム。
ハリー　ほうら、サムの息子だ。
サム　それだけで？

ハリー　ジョニーはおまえの息子だ、サム。
サム　おれに息子はいないよ。
ハリー　母親の名前を言ってやれ。
ジョニー　ナオミ。
サム　ん？
ハリー　おまえが死んだ後、生まれたんだよ。
サム　会いたくなかったよ。
ハリー　ひどいことを言うな。
サム　おれは、いつだって自分のことだけでいっぱいいっぱいなんだ。昔話をしようよ、ハリー。あの時みたいに、おれを後ろ手に縛って。（その格好をする）殴ってくれよ。思いっきり殴って、風呂場に監禁してくれよ。
ハリー　馬鹿言うなよ。
サム　馬鹿言うなよ。あんなにかまってくれたじゃないかよ。
ハリー　おれはもうあの時のおれじゃない。
サム　なんでだよ。
ハリー　おまえを許したんだよ。
サム　そこが見解の相違なんだよ。あんたが許したと言っても、おれは許されたという実感がないんだ。いくら反省しても、苦痛がなくならないんだ。この苦痛を取り除くためには、あんたにかまってもらうしかないんだ。あの時みたいに、おれをいたぶってくれよ。先に風呂場に行ってるよ。風呂場はあっちだったな。（バスタブの暗がりに向かって行き、慌てて戻って来る）おい、見ず知らずのおじいさんが、シャワーを浴びてるぞ。

ハリー　また来たんだな。
サム　風呂場でシャワーを浴びてるおじいさんは誰だ？
ハリー　それは多分、風呂場でシャワーを浴びてるおじいさんだろう。
サム　風呂場でシャワーを浴びてるおじいさんか。困ったな。風呂場でシャワーを浴びてるおじいさん……なんか、いいな。
ハリー　なんか、いいか？
サム　なんか、いい。
ハリー　おまえは徹頭徹尾、そういったやつだ。
サム　どういう意味だ？
ハリー　風呂場でシャワーを浴びてるおじいさんを、なんか、いいなって思う野郎だってことだよ。
サム　難解だな。
ハリー　おまえさん、どうするね、知りたいか？
ジョニー　（うなずく）
ハリー　おまえは、おれの息子かも知れない。
サム　ええーっ！

ジョニー　（同時に）えぇーっ！
ハリー　まあ、ほんの冗談ですけどね。物事が複雑になったな。
サム　複雑にしたのは、あんただ。
ジョニー　いいから、本当のことを言ってください！

そのジョニーの剣幕にふたり、一瞬黙る。

サム　……本当のことか。いい言葉だ。
ハリー　本当に本当のことにたどりつくかが、いつも問題なんだがな。まあ、話してみるさ。あの年の五月だ。季節に泥を塗ったのが、サムだった。さわやかな五月が、あいまいに壊された。おれの娘は、サムに殺された。サムは、おれと同じ自動車工場で働く後輩だった。娘より少し年上だった。新型車の扱いのコツを教えたのは、おれだった。
サム　さっき話したよ。
ハリー　橋の上から下の河に娘を落とした。このことは話したか？
サム　話してない。
ハリー　サムはすぐに逮捕された。最初は殺意を否認した。
サム　してないよ。
ハリー　サムは最初、事故だと言い張った。

サム　よく思い出せないと言っただけだよ。

ハリー　殺したと最初は認めなかった。普通ではない死に方でこの世を去った娘の父親が、それからどう生きていけばいいのか、知っている者はいなかった。教えられたとしても、聞かないだろう。他人という人間を一切信じないことにした。友は安いウイスキーだった。うまくはなかったが、娘が被った恐怖を思えば、うまいウイスキーを飲むことはできなかった。自動車工場を辞めて、町を出た。

サム　恐怖？　恐怖……恐怖を感じたのかな。

ハリー　この街で仕事を始めた。二十年経った頃、仕事先の町の飲み屋でサムを見つけた。つまり、刑を終えて釈放されていたわけだ。やつは隣の男と笑いながらジョッキのビールを飲んでいた。その屈託のない笑顔が、おれに決意させた。尾行を始めてやつの行動を把握した。やつは郊外に一軒家を借り、そこそこ可愛い女と暮らしていた。決行は五月だった。薬で眠らせてこの部屋に運んだ。そう。こうやって縛り上げた。最初、しきりにサムは反省と謝罪を口にした。おれは、娘にしたのと同じことをしようと思った。顔を殴ると、ついにサムは言いやがったよ。「誰が反省なんかしてるかよ」

サム　そんなことは言ってない。

ハリー　おれは殴り続け、風呂場に監禁した。殺してやりたいと思ったが、おれはサムを殺してはいない。炭鉱の爆発事故があったのは八月だった。ニュースでは刻々と何人が生存して、何人が死んだかを伝えた。喜んで泣く家族と、悲しんで泣く家族の映像を見ているうちに、自分がやっていることが馬鹿馬鹿しく思えてきた。おれはサムを放した。警察に行くかと思ったが、行かなかった。復讐に来るかと思ったが、来なかった。三週間後、サムの死体が河に浮かんだと人づてに聞いた。もしかしたら、おれが殺したということなのかも知れない。それは真実かも知れないが、事実じゃあない。

サム　このことを人に話すのは、始めてだ。本当は話したくはなかった。あの子を殴ったってのは事実じゃない。

ハリー　河に突き落とす前に殴った。

サム　よかった。やっぱり、おれを許してないね。

ハリー　落ち着けよ。

サム　おれはどうすればいいんだ。

ハリー　消えてくれよ。

サム　それだけか。

ハリー　とっとと消えてくれ。もうおまえには興味がない。

サム　(ジョニーに)ピストルをよこせ。

ジョニー　?

サム　ピストルをよこせと言ってるんだよ。

ジョニー　(渡す)

サム　（ジョニーに）殴れよ。
ジョニー　え？
サム　ハリーを殴れよ、息子。そのためにここにいるんじゃねえのか。サムの復讐に来たんだろ、サムの息子、ハリーをぼこぼこにしろよ。
ジョニー　嫌です。
サム　じゃあ、縛れ。後ろ手に縛れ。（見えない縄を取り出し、拳銃で威嚇する）やれよ。
ジョニー　嫌です。

サム、拳銃でジョニーを殴る。ジョニー、倒れ込む。

サム　（震えつつ）ハリーを縛るんだよ、ジョニー！

ジョニー、起き上がり、見えない縄を取り上げ、ハリーを椅子に後ろ手で縛る。

サム　いいだろう、サムの息子。（さきほどから折を見て鳴いているカナリアに銃口を向け）おまえはペチャクチャうるせえんだよ！

ジョニーがサムを押さえる。ふたり揉み合う。ふたり、離れる。サムの銃口はジョニーに向けられている。

ジョニー　……会わなければよかった。

サムはどこかに向かって拳銃を撃つ。

ハリー　こいつ、トムソンガゼルを撃ちやがった。
サム　許してくれ、ハリー。いや、許さないでくれ。

黒電話が鳴る。

サム　（黒電話を見つめる）
ハリー　電話を取ってください。
サム　……。
ハリー　電話を取ってください！
サム　（受話器を取り）……。何も言わない。（受話器を置く）

壁に男の顔が現れる。

男　人間は滅びて、動物たちだけの世界が来ればいいと思う。だけど、人間がいないと動物たちも生きていけないらしい。そういうことなら、おれは許そうと思う。人間を！

男は、ぶつっと消える。

ハリー　旧い友人でね。
ジョニー　……。
サム　（誰に言うでもなく）さっきはすまなかった。本当にすまなかった。気分が落ち着いてきたよ。いいかい、ハリー。何度も言うけど、もう一度おれを縛って監禁してください。
ハリー　できないな。
サム　そういうことなら、そういうことなら……（節をつけて歌いつつ）そういうことなら、そういうことならねえ……

サムは拳銃で威嚇しつつ、見えない縄で、ジョニーを別の椅子に縛り上げる。

サム　全部、あんたのせいだよ。（ハリーに）よくもおれを苦しめやがったな。ごきげんよう。さようなら。（去る）

9

アーサーが、バスタブに横たわって、旧い歌を歌っている。

10

椅子に縛られたハリーがいる。同じように別の椅子にジョニーが縛られている。

ジョニー　……起きてますか？
ハリー　ああ。
ジョニー　本当に……
ハリー　なんだよ？
ジョニー　すいません。
ハリー　あ？

ジョニー　すいません、です。
ハリー　なんで、すいません、なんだよ。
ジョニー　父親がこんなで。
ハリー　……おまえさん、どもんないな。
ジョニー　はい。
ハリー　どういうわけだ。
ジョニー　……。

マリオが、やって来る。

マリオ　何やってんだよ、おたくら！
ハリー　縛られてんだよ。
マリオ　助けてくれ。
ハリー　何度も助けたよ。
マリオ　しくじった。
ハリー　またかよ。
マリオ　しくじりどおしの人生だ。
ハリー　しくじることが人生だ。

マリオ　頼む。指詰めなきゃ、事はおさまらないんだ。
ハリー　どうやって、やれってんだ。
マリオ　助けようか。
ハリー　いいよ。
マリオ　あ？
ハリー　いいよ、助けるなよ。
マリオ　そうもいかないだろ。
ハリー　おまえごときに、助けられたくないね。
マリオ　かたいこと、言うなよ。

サムが、やって来る。

サム　誰だ？
マリオ　こういうもんだけど。
サム　そうか。さて、どうしたもんかねえ。
マリオ　何が？
ハリー　黙ってろよ。
ジョニー　やめましょうよ。

サム　何をやめるってんだよ。
ジョニー　もういいじゃないですか。
サム　何が、どういいんだよ。
ジョニー　忘れましょう。
サム　やったほうはすぐ忘れるが、やられたほうは忘れられない。
ハリー　それ、おれのセリフじゃないのか。
サム　そうだった。
ハリー　おれがいいって言ってんだから、いいんだよ。
サム　待て待て。そうはいかないよ、ハリー。復讐されたおれは忘れられないんだ。だから、ここはこうやっておれが今あんたに復讐してる。それでその後は、あんたがまたおれに復讐する。これが、食物連鎖ってもんじゃないか。
マリオ　そういうことか！
サム　こうやって人間の関係ってやつはつながっていくもんじゃないのかい。
マリオ　ほほう！
ハリー　いいから、もう好きにしろよ。
サム　どういう意味だ。
ハリー　おれを焼くなり煮るなり好きにしろってんだよ。
サム　いいセリフだ。だが、そりゃ、おれのセリフだ。

ハリー　おれはもうおまえにやるだけやった。
サム　満足か？
ハリー　……。
サム　満足なのか？　殺さなくていいのか？
ハリー　おまえはもう十分苦しんだ。
サム　おっと、世間知らずの裁判官みたいなこと言うね。それで満足か？
ハリー　満足だ。
サム　甘いぜ、ハリー。おれは苦しんでるふりをして見せてるだけだ。
マリオ　（サムに）あの、ぼくの指詰めてくれないか。
サム　あんたは忘れない、忘れるわけがない、そうだろ、ハリー。
マリオ　ぼくの小指を詰めてくれないか。
サム　その小指には、思い出がいっぱい詰まってるだろうに。
マリオ　ハリー、指詰めてくれないか。そうでもしないと、おれ生きていけないんだ。
ハリー　じゃあ、死ねよ。
マリオ　そういうこと言うのか！
ジョニー　今のはだめだよ、ハリー。
ハリー　ああ。悪かった。この縄解いてくれ。
マリオ　よしきた。

サム　やめろ。

マリオは、ハリーの縄を解きにかかる。

サム　やめろ。

サムはマリオをピストルで撃つ。

マリオ　……やられた。(暗がりに消える)
ハリー　……。
サム　仕切り直しだ。ハリー、あんたのためにウイスキーを買ってきたんだ。飲むか。
ハリー　……。
サム　あの頃のあんたとおれに戻ろうよ。

サムは見えないウイスキー瓶を振りかざす。

ハリー　酒はいらない。
サム　あんたの好きなアイリッシュだよ。

ハリー　飲まなくても酔ってきたからだ。おれの酒は、いつだってよくない酒だ。悪心が頭に渦巻く。
サム　知ってるよ。
ハリー　思い出したくないことが甦る。
サム　飲まないで酔えるってのは、安上がりだなあ。
ハリー　大平原を走る……
サム　なんだい?
ハリー　大平原を走るトムソンガゼル。
サム　『アニマル・プラネット』でも見たのか。
ハリー　ガゼルを殺したのは、おまえだ。
サム　おやそうかい。
ハリー　だから、待ってるんだよ。ここで、こうやっていれば、いずれ現れるんじゃないかって。
サム　ガゼルがか?
ハリー　そうだ。
サム　ああ、いずれご対面だろうさ。ガゼルってのは、繁殖能力がすごいらしいからね。殺しても殺しても、数は減りやしない。
ジョニー　やめろよ。
サム　親に指図すんじゃやねえ。

黒電話が鳴る。

サム　ここは電話がうるさいんだよ。

サムは受話器を取って、すぐに乱暴に切る。
「ハリー、ハリー……」とメイの声がする。壁にメイの顔が現れる。

メイ　ハリー。
ハリー　やあ、どうしたね。
メイ　夜が足首をつかんで離さないのよ。
ハリー　こっちもそうだ。助けに来てくれないか。
サム　だめだよ。
メイ　そばに誰かいるの？
ハリー　いいや、別に。口にツバを溜めて、ごくりと飲み込んでごらん。そうすれば、夜が離れるから。
メイ　（やってみる）ほんとだ。自由になった。今日はひとりですきやき御膳を食べたの。
ハリー　それはそれは。
メイ　おいしいのね、あれ。食べたことある？
ハリー　やっぱり牛丼だよ。牛丼屋じゃ牛丼食ってりゃいいんだよ。

メイ　死ぬわ。
ハリー　おいおい。
メイ　長いつきあいだけど、ハリー、あんたってほんと、わけのわからない男ね。
ハリー　私は一度だって人に理解されたいと思ったことはありませんよ。
サム　おれもそうだ。
ハリー　黙ってろよ。
メイ　そばに誰かいるの？
ハリー　いや、別に。幽霊が出てるんだ。
サム　誰が幽霊だ。
メイ　幽霊ってあたしのこと？
ハリー　そういうこともないだろ。
メイ　生きる生きないがよくわからない今日この頃です。
ハリー　考え過ぎないほうがいいね。
メイ　暗い話していい？
ハリー　もう十分暗いよ。
メイ　あら、そうなの？
ハリー　そうですとも。君の話はいつも暗い。責めてるんじゃないよ。明るい話は、自慢話だからね。
メイ　でもね、暗い話をしている人間は、暗くはないのよ。暗い話ってのはね、聞いてる人にとっては暗いんだけど、話してるほうは楽しいの。

ハリー　ああ。君はいつも楽しそうだ。

メイ　苦しい、ハリー？

ハリー　ああ。苦しいね。

メイ　苦しみは消えてなくなりはしないけど、ずっと続くわけじゃない。

ハリー　ああ。

メイ　オナニーするところ、見に来てくれない？

ハリー　ああ。おれじゃなんだから、若いの送るよ。

メイ　誰？

ハリー　ジョニーってんだ。

メイ　はじめまして、ジョニー。

ジョニー　一度お見受けしました。

メイ　どこで？

ジョニー　駅のホームで。

メイ　今立ってるのも、そこよ。

ジョニー　ハリー。（やばいんじゃないの）

ハリー　え？　どこに立ってるって？　橋の上？　橋の上はだめだ、おまえ、橋の上はだめだぞ。

メイ　橋の上？　そうね、ここ橋の上かも知れない。線路の向こうに平原と河が広がっている。地平線は遠くで空と溶け合って、きれいな白、真っ白。シマウマが走ってる。キリンが長い首で空の青を突っ突いてる。チーターが笑いながら空を飛んでる、雲の上を走ってる。河からカバが浮かび上がった。カバよ、カバが飛んでる！　あたしも飛ぶわ！

ハリー　待て。おれも飛ぶから。

メイ　待ってるわ、ハリー。

ぶつりと消える。ハリーは自力で縄を解き、椅子から立ち上がる。

サム　待ちな。ギムレットには早すぎる。

サム、ハリーに銃口を向ける。と、銃声が響き、サムは撃たれてよろよろと暗がりに消える。バスタブのある暗がりから拳銃をかまえたアーサーが、ゆっくり出て来る。

アーサー　後は私に任せて、君は早く行きなさい。

ハリー　……。（走り去る）

アーサー　大丈夫か。大変だったな。

ジョニー　いいから、早く縄解いて。

アーサー　いや、それは私の仕事ではないな。

ジョニー　ちょっと、ちょっと……

　　アーサー、去る。

ジョニー　ちきしょう。（縛られたまま立ち上がる）そのままハリーの後を追った。途中で何度も転んでいると、親切な人が助けてくれた。（自由になる）さらに親切な人から自転車を借りて、駅に向かって走った。ぼくは、初めて街に感謝した。街に悪い人はいない。ただ、みんな疲れ過ぎてるんだ。そう思いながら、ひたすらペダルをこいだ。必死さのなかで、ぼくはそれまで身につけていた鎧がこなごなになって後方に散っていくのを感じた。なぜなら、ぼくは初めて他人のために汗をかいていたからだった。

　　駅のプラットホームが、現れる。そこにメイとハリーが立っている。

ジョニー　プラットホームの先頭に向かって走った。ふたりが見えた。ぼくは走り寄った。ハリーが言った。

ハリー　もうすぐ、舟が出るから。

　メイ　元気よ、あたし。

ハリー　君は舟に乗りなさい。

ジョニー　それからハリーは何語だかわからない言語で話した。入って来る電車の音で、ふたりの会話が遠くなった。

電車が入って来る音。

メイ　あたし、もう大丈夫だから。

メイがハリーに寄り添うような仕草をして、向こう側の線路に飛び降りる。

ハリー　メイ！

電車が入って停車する音。

ハリー　……。

ジョニー　電車は急ブレーキをかけた気配もなく、プラットホームに混乱もなく、何事もなかったかのようにドアが閉まって動き出した。

ハリー　（慌てて周囲の人々に）すいません、あの、すいません……あれ。（向こうを見る）

ジョニー　電車が走り去った線路の向こうに、サムが立っていた。孤独な父だった。世界中のどんな孤独な父親より孤独な父だった。

メイを背負ったサムがゆっくり歩いて来る。やがてホームに上がり、メイを横たえる。ハリーとサムは向き合う。

サム　まあ、そうしたわけさ。
ハリー　まあ、そうしたわけだ。
サム　（メイを指し）生きてるから。
ハリー　生きてるか。
サム　救出ってやつだよ。
ハリー　救出ってやつか。
サム　これで、おれは救われるかな。
ハリー　救われるかどうかはわからないが、とにかく、空を飛ぶチーターにはあいさつができるだろうよ。
サム　手紙を書いたよ。
ハリー　手紙を書いたか。
サム　読んでくれたか。

ハリー　破り捨てたさ。
サム　それはそれは！
ハリー　ガゼルの涙は黄色だっていうが、シマウマのは緑だってな。
サム　そうかよ。
ハリー　そうだよ。
サム　要するに、おれは人間ってやつらが嫌いなんだな。
ハリー　おれは人間が好きじゃない。嫌いと好きじゃないの違いを考えな。
ジョニー　その時、遠くで電車の先頭が見えた。
ハリー　ミトコンドリア。
サム　クソ野郎だよ。
ハリー　ミジンコ。
サム　死ねってんだよ。
ハリー　ゾウリムシ。
サム　そいつは亀だよ。
ハリー　蛙だよ。
サム　亀だ。
ハリー　蛙だ。
サム　亀！

ハリー　蛙！
サム　救われたよ。
ハリー　（笑う）
サム　（笑う）やっと救われたんだ、おれ。
ハリー　（笑ったまま）許さないね。
サム　（笑いながら）そうか、やっぱりね。
ハリー　（笑いながら）だめだよ。
サム　（笑いながら）だめだったかぁ。
ハリー　でも、許すよ。
サム　ありがとう。
ハリー　でも、許せないんだ。

ハリーはサムを抱き締め、抱き抱えたまま線路に飛び込む。電車のブレーキ、急停車する音。

ジョニー　電車は線路に降りたハリーとサムの上にゆっくり覆い被さっていった。周囲の音が一切遮断され、無音の世界で街の人々が混乱していた。そこに悪人は誰ひとりとしていなかった。水底にいるようだった。人々がゆっくりとした動作で救出に向かっていた。不意にチェロの音が聞こえた。パニクるプラットホームの片隅にその演奏者がいた。それはぼく自身だった。それが、生きない側のぼくだと、すぐにわかった。すると、ぼくは否応無しに、生きる側のぼくなんだ。

プラットホームが消える。

11

ジョニーは、カゴのカナリアに餌をやる。
ジョニーは、植木鉢の植物に水をやる。
ジョニーは、水槽のメダカに餌をやる。
ジョニーは、ガラスケースのリクガメに餌をやる。

ジョニー

線路のどこにもハリーとサムは発見されなかった。運転士はふたりを見て急ブレーキをかけた。ホームにいた駅員や数人の人々も、飛び降りるふたりを見ていた。だから、これはぼくだけの幻ではない。大勢で見た幻なんだ。だから、人々はそれをすぐに忘れようとした。そして、忘れた。

ぼくは、KOされた四回戦ボクサーだった。体と頭のあちこちが痛かった。ふらふらと歩いていた。街に色がなくなっていた。色彩を見つけようと思った。十日間、さまよった。微熱のぶり返しを恐れた。駅に向かって走った時の、世界を抱き締めたくなるような感覚を取り戻したかった。世界を敵だと思う時は、いつだって世界にとってぼくはテロリストなのだ。ぼくは世界との和解をまだ完了させたわけではないが、この十日間は、世界を揺るがした十日間だった。

放浪を完了させて、無人の事務所に戻った。ハリーの匂いが残っていた。働くことにした。労働という哀しみに没頭すると、本当の悲しみを忘れることができた。哀しみは同時に喜びなのだと初めて理解した。

ぼくは結局、木々と動物たちしか信じていない。だが、人間でいる限り、人間とつきあっていかなければ生きてはいけない。世界は悪意に満ちているが、本当の悪人はそんなにはいないと信じたい。

黒電話が鳴る。ジョニーは便器から立ち上がって、受話器を取る。

ジョニー　はい、便利屋ハリー・アンド・ジョニーです。……ははあ。なるほどなるほど。玄関の鍵が本当にかかってるかどうか不安で、何度も確かめてると。一時間、ドアの前から離れられないと。よくあることです。今すぐ行って、鍵を確認しますので、安心して出掛けてください。確認したら連絡しますので。はい、どうも。（切ると、すぐに鳴る。受話器を取る）便利屋ハリー・アンド・ジョニーです。……ゾウガメの散歩ですね、やりますよ。朝晩一回ずつ。わかりました。では、明日からということで。はい、どうも。

受話器を置いて、出る。しばらくして、メイが入って来る。部屋を見回していると、黒電話が鳴る。メイは受話器を取る。

メイ　……もしもし……

受話器を置くと、壁にハリーの顔が、現れる。

ハリー　いるのか、誰かいるのか。ジョニー、おまえ、いるな。こっちはもう大変だよ。いろんな人がいてさあ。まいっちゃうよ、まったく……ちょっと、あんた、邪魔しないで。今私、用足してるんだから。……みんな、ちょっとばかり変な人ばっかだよ。ということは、おれも変だってことか。それならそれでいいよ。いっこうにかまいませんね。受け入れるよ、おれ。おれっていうのはそういうやつなんだよ。生きると生きないのあいだにいるんだ。窓から見える空は、青いね。草木も青々。動物たちも元気だねえ。小さな鳥が鳴き始めたよ。なんだかんだと文句は言いたいけどね、まあ、変な人間はみんな親切だよ。ジョニー、一度遊びに来いよ。いや、まだおまえには無理だな。進歩が必要だ、進歩が。だが、進歩した時には、おれのことなんざ忘れてるだろうな。ここは天国じゃない。もうすぐ舟が出るらしいが、おれは乗らないよ。おれは陸に残る。沈没する舟に残るのと似てるな。だが、望みは捨てないよ。やっとわかったんだ。頭のおかしい年寄りの愚行ってのは、望みを捨てないってことなんだよ。百年経ちゃ、おまえもおれも、みーんないなくなるけどな、人類にはひとつ言っておきたいことがあるんだよ。おごるな。あきらめるなってね。空が青いなあ。草木の上にひろがる空は青いよ。ところで、このあいだの請求書のことなんですけどね、あれねえ、よくよく考えるとね……

ぶつりと消える。

メイ

街はどこかの平原のような色をしていました。砂漠と木々と空と水の色。ガゼルの群れが道路を走って横切りました。小型ですばしっこいトムソンガゼル。トムソンガゼルは、チーターに襲われるが、かわいそうなどとは言ってはいけません。チーターの母親には子供を育てるという、チーターの母親の事情があるのだから。チーターの母親から逃れることのできたトムソンガゼル。「私の希望」という名前のトムソンガゼル。平原の私。群れから離れたガゼル。不意に大雨が降り出して、雷がビルの屋上に落ちたニュースが入ったけれど、干上がった木々と動物たちを救いました。

……ありがとう。さようなら、ハリー。

メイは部屋を去る。

黒電話が鳴る。いろいろな人々の顔が壁に現れては、消え、また現れては消える。人々は何かを話し続けている。

美しい破裂

幕。

ドラマ・ドクター

●**登場人物**

ドクター（トーマス）
ヘンリー
トニー
アスラム
サラ
ヘルマン・プレミンジャー

1

どこかの国の、どこかの街。穴蔵のような書斎。ドクターが原稿用紙を前にして拳銃を手にしている。銃口をこめかみに当てて、トリガーを引く。弾は出ない。拳銃を置いて、万年筆を持ち、書き始める。

ドクター　(書きながら)「どこかの国の、どこかの街。穴蔵のような書斎。男が原稿用紙を前にして拳銃を手にしている。銃口をこめかみに当てて、トリガーを引く。弾は出ない。拳銃を置いて、万年筆を持ち、書き始める。やがて人の気配を感じて、顔を上げる。」(書くのを止めて、顔を上げて) おはようございます。……書いています。もうすぐ書き上がります。今度こそ書き上げます。

誰もいない。

2

どこか。ヘンリーとトニーが、キー・ボードを叩いて激しく書いている。

ヘンリー　どうだい、トニー?
トニー　なんだい、ヘンリー?
ヘンリー　書けたか、トニー?
トニー　書けたよ、ヘンリー。
ヘンリー　書けたのか?
トニー　冒頭のモノローグだよ。
ヘンリー　それなら、ぼくも書けた。
トニー　読んでみてくれよ。
ヘンリー　なんでぼくが先なんだ?
トニー　普通、そうだろ。
ヘンリー　普通、そうか?
トニー　普通、そうだよ。

ヘンリー　じゃあ、読もう。

人気者に失敗は許されない。何本もヒットを飛ばして、そのことを教えられた。ドラマの株式市場の真っ只中でぼくは生きている。

権力を持った人たちが、ぼくの株を買う。ぼくの株は上がる。だが、それがずっと続くわけではない。権力を持った人たちも上場市場における株だからだ。その人たちの株が下がれば、ぼくにも影響が及ぶ。だから、ひとりに集中しないで、なるべく多くの人たちに自分の株を買ってもらう。

株が上がると、得体の知れない人たちが、たくさん寄ってくる。その人たちは、ぼくが破滅して初めて正体を明かすんだろう。今のところ、得体の知れない人たちは、得体が知れないまま、ぼくを持ち上げる。ちやほやされるとそれなりに気分がいいので、その人たちと関係を断とうとは思わない。敵は作ろうとしなくてもできるものだから、誰にでもいい顔をしておくのが、大切なことだ。

今のところ、ぼくの株は上がり続けている。もう一度言う。人気者に失敗は許されない。失敗すると株が下がって、人々がまわりから去っていく。株が下がらないために、書き続ける。そういうシステムのなかで、ぼくは生きている。ぼくは今マンションのペント・ハウスから街の夜景を見ている。さまざまなドラマを掬い上げる。……どうだい？

トニー　わからないな。

ヘンリー　わからないか。

トニー　ぼくは、人気者じゃないからわからない。
ヘンリー　告白だよ。
トニー　自慢だな。
ヘンリー　君にはわからないんだよ。
トニー　だから、わからないって言ってるだろ。
ヘンリー　言っとくけど、これはぼく自身じゃないからね。
トニー　わかってるって。台詞のなかの一人称と作家は、別人だ。
ヘンリー　そういうことだ。
トニー　でも書いてるのは作家だ。
ヘンリー　そういうことだ。
トニー　だから、結局作家本人だ。
ヘンリー　そういう話じゃないだろ。
トニー　じゃあ、誰が台詞を書いてるんだ?
ヘンリー　先へ進めよう。君のを読んでくれよ。
トニー　ぼくにも読ませるのか?
ヘンリー　普通、そうだろ?
トニー　普通、そうか?
ヘンリー　普通、そうだ。

トニー　じゃあ、読ませてもらうよ。
ヘンリー　聞かせてもらうよ。
トニー　いちいちうるさいな。
ヘンリー　いいから読めよ。
トニー　命令口調だな。
ヘンリー　悪かった。聞きたいんだ。
トニー　……ぼくはシャッターの町に生まれた。閉ざされた町で育った。町にあった工場は閉鎖されて、にぎやかだった商店街は次々と閉店していった。通りはシャッターの壁となって、スプレーの落書きとゴミとネズミの死骸と鬱屈とした感情たちを生んだ。ぼくは本を読むのが好きで、いつでもどこでも本を読んでいた。読みながらシャッター通りを歩いていると、決まって鬱屈とした感情たちが寄って来て、ぼくをからかった。ぼくの魂は、本のなかにいたから、なにを言われても平気だった。その態度が、行き場の無い感情たちをさらに苛立たせたのだろう。梅雨が明けた暑い日の夕方だった。シャッターが夕焼けのオレンジ色に染まっていた。行き場の無い鬱屈とした感情たちが、わらわら出て来て、本を取り上げて引き裂いた。ぼくの魂が引き裂かれた。ぼくはジャックナイフを取り出した。いつかこんな日がやってくるだろうと思って、いつも携帯していたジャックナイフだった。刺すのは、簡単だった。ぼくは感情を殺した子供だったからだ。すべての感情は本のなかに収めていた。だから、引き裂かれた本から、封印されていたぼくの感情が飛び出したのだ。

オレンジ色のシャッターに血が飛んだ。それは黒く見えた。

幸いなことに死人は出なかった。そんなことがあってから、家族も学校の連中もみんな、ますますぼくを異常者として扱った。そういうわけだ。ぼくは、シャッターの町の異常者だから、世界の終わりに直面したとしても、どうということはない。……というわけだ。

ヘンリー　暗いな。
トニー　それだけ？
ヘンリー　理解したくないな。
トニー　それだけ？
ヘンリー　観客の声を代弁したんだ。
トニー　君は、観客じゃないだろ。
ヘンリー　君よりは観客の気持ちがわかってるさ。
トニー　本音が出たね。
ヘンリー　人殺しなんか見たくないさ。
トニー　人殺しのドラマはなくならないよ。
ヘンリー　ドラマの人殺しは虚構だよ。
トニー　今のも虚構だよ。

ヘンリー　君の現実の過去だろ。
トニー　台詞のなかの一人称と作家は、別人だ。
ヘンリー　そういうことだ。
トニー　でも書いてるのは作家だ。
ヘンリー　そういうことだ。
トニー　だから、結局作家本人だ。
ヘンリー　だから、君の過去ってことだ。
トニー　ぼくは、書きたいことしか書きたくない。
ヘンリー　それじゃ、通用しないよ。
トニー　君は書きたいことを書いてるんじゃないのか？
ヘンリー　そういうのは処女作だけでいい。ぼくは人に望まれるものを書いてる。ドラマはマスを獲得できなければ意味がない。
トニー　やっぱり、共同執筆は無理みたいだな。
ヘンリー　ああ。別々に書こう。
トニー　それがいい。
ヘンリー　各々で書き上げて、プロデューサーに選んでもらおう。
トニー　そうしよう。

ヘンリーとトニー、各々キー・ボードを叩き始める。

トニー　(叩きながら) ひさしぶりに街に出ると、路上は相変わらず人殺しの予備軍でいっぱいだ。老いも若きも、男も女も納得できない思いを抱えながら、人殺しの衝動を抑えるささやかな喜びを探して歩いている。ぼくは、書いているからその衝動を抑えられるのだろう。書くことは未だに犯罪に似ている。こんなことを言ってるから、ぼくは人気が出ないのだろう。

春には春の人殺しが出るし、夏には夏のが発生する。秋になっておさまるわけではなく、冬は冬でやりやすい。死体が腐るのが遅いからだ。

そんな予備軍に向けてぼくはドラマを書こうとしているのだろうか? 癒そうとも救おうともしていないぼくは、連帯を求める。冬の湖のような冷たい連帯。ぼくはハッピー・エンドは書けない。だから、いずれ熱い連帯を求める誰かに、殺されてしまうかも知れない。

ヘンリー　(叩きながら) オリンピックが終わったというのに、まだ時々、テロ警戒警報が鳴り続ける。どう警戒すればいいのか、わからない。街のみんなもそうだ。あちこちのスマホで警報が鳴るが、人々は何事もなかったかのように歩き続ける。何事もなかったかのようにしていると、本当に何事もない。ただいずれ何事かが、取り返しがつかないような何事かが起こると誰もが感じている。

ぼくは、書く。楽しい物語、悲しい物語。でも、本当のことを言えば、もう街には喜劇も悲劇も通用しない。そのことをわかっていながら、わかっていないふりをして、ぼくは物語を書く。物語が現実の街に着陸してはいけないんだ。それは、人々の不安と向き合うことになってしまうから。
ハッピー・エンド。絶対にハッピー・エンド。これがぼくに課せられた使命だ。街角に降り立てば、あっと言う間に消えてしまう、カゲロウのようなハッピー・エンド。カゲロウは短い命だから、とにかく、たくさん、速く、物語を紡いでいかなければならない。物語を停滞させちゃだめだ。次から次へと、どこまでも走るんだ。このシステムのなかでは、止まらない者が神になる。
神になりたい。

ふたりはずっとキー・ボードを叩きながら、会話を続ける。

トニー　神になりたい、か?
ヘンリー　台詞のなかの「ぼく」がな。
トニー　それは君じゃないのか?
ヘンリー　とにかく前へ進もう。ヘルマンには、ぼくのほうから言っとくよ。
トニー　なにを?
ヘンリー　共同執筆を止めたことさ。

トニー　ヘルマンって誰だ？
ヘンリー　ぼくらのプロデューサーだろ。
トニー　そうだった。ヘルマンに直接会って言うのか？
ヘンリー　会ったことはない。やり取りは全部メールだ。
トニー　ぼくもそうだ。
ヘンリー　ヘルマンに言っとくよ、神になるのはひとりでいいって。
トニー　自信があるんだな。
ヘンリー　当たり前だ。自信を持たなきゃ、生き抜けないさ。

ヘンリーとトニー、各々激しくキー・ボードを叩く。

3

ドクターの書斎。ドクターとヘンリー。

ドクター　ちょっと君。

ヘンリー　……。
ドクター　君。
ヘンリー　……。
ドクター　おい。
ヘンリー　……。
ドクター　ヘンリー。
ヘンリー　あ。今呼びましたか？
ドクター　ええ。
ヘンリー　なんだか、ぼーっとしてしまって。
ドクター　だいじょぶかね。
ヘンリー　わからなくなりました。
ドクター　なにがわからなくなった？
ヘンリー　台詞のなかの「ぼく」が自分なのか、このぼくが自分なのか。
ドクター　「このぼく」というのは？
ヘンリー　（胸を押さえ）このぼくです。でも、「このぼく」の現実感が無くなってきました。
ドクター　だいじょぶじゃないな。
ヘンリー　ぼくは、どっちなんでしょう？
ドクター　どちらだっていいでしょう。君は、ここでは書いているヘンリーで、書かれているヘンリーなんです。

ヘンリー　そういうことか。

ドクター　忘れないでください。

ヘンリー　たすけてください。

ドクター　どうしました？

ヘンリー　道に迷って一歩も進めなくなりました。

ドクター　そいつは、困ったな。

ヘンリー　読んでいただけたでしょうか？

ドクターの前には原稿がある。

ドクター　さっきもらったばかりです。

ヘンリー　そうだった。

ドクター　こんなに、書いてるじゃないですか。

ヘンリー　続かないんです。ぱたりと止まってまったく進まなくなりました。こんなことは初めてです。

ドクター　以前もあったような気もしますがね。

ヘンリー　そうだったかな。

ドクター　ここに来るのはひさしぶりですね。
ヘンリー　七年ぶりです。
ドクター　七年間、連絡をよこさなかった。
ヘンリー　連絡のとりようがなかったんです。引っ越されたでしょう？
ドクター　いや。
ヘンリー　そうですか。
ドクター　ずっとこの穴のなかです。
ヘンリー　ここに来ると落ち着きます。あの頃のエネルギーがよみがえってくるみたいだ。ストーリーが次から次へと湧き上がったあの頃。
ドクター　そうでしたかね。
ヘンリー　ぼくはどうしたらいいんでしょう？
ドクター　なにを書いてるんです？
ヘンリー　わからないんです。
ドクター　わからないまま書き出したんですか？
ヘンリー　わからないんです。
ドクター　あなたはなんでも書けるはずですよ。感動させるのが得意技でしょう。
ヘンリー　悪意がありますね。
ドクター　あなたの大衆を魅了させる才能は絶大ですよ。私がかつて指摘した通りでしょう？

ヘンリー　ぼくはいつも人に必要とされていたいんです。
ドクター　自信を取り戻すんです。
ヘンリー　文体を無くしてしまいました。
ドクター　だから、なにを書いてるんです？
ヘンリー　いままでになかった物語です。
ドクター　もう一度言ってください。
ヘンリー　これまでになかった物語です。
ドクター　少し変わりましたね。
ヘンリー　どこにもない物語です。
ドクター　また変わった。
ヘンリー　そうですかね。
ドクター　頼まれたんですか？
ヘンリー　はい。
ドクター　どこからですか？
ヘンリー　ラヴ・アンド・ピース社からです。
ドクター　プロデューサーは？
ヘンリー　ヘルマン・プレミンジャーです。
ドクター　ヘルマン・プレミンジャー。

ヘンリー　お知り合いですか？
ドクター　よく知っている。この仕事は断ったほうがいい。
ヘンリー　なぜです？
ドクター　ヘルマンとは話をしたのですか？
ヘンリー　メールでです。
ドクター　おやめなさい。
ヘンリー　できません。契約を交わしましたから。
ドクター　違約金で済みますよ。
ヘンリー　嫌です。
ドクター　すごい意気込みですね。
ヘンリー　チャンスだと思ってるんです。このドラマを成功させれば、ただの人気者から本当の作家になれるんじゃないかって。
ドクター　ただの人気者か……
ヘンリー　要するに使い捨てです。
ドクター　誰もが人気者になれるわけでもないのに。
ヘンリー　新しい才能が出てくれば、すぐに捨てられるんです。
ドクター　私はこの仕事を断ったほうがいいと言いました。このことをしっかり覚えていて欲しい。いいですか？

ヘンリー　……はい。
ドクター　（原稿を取り上げ）私はなにをすればいいんです？
ヘンリー　読んでください。どこが悪いかを調べてください。
ドクター　基本診療ですね。
ヘンリー　できることなら、ストーリーの進め方も……
ドクター　外科手術ですね。
ヘンリー　お願いします。
ドクター　最近大手術とはご無沙汰なんですがね。
ヘンリー　名医のメスさばきをもう一度見てみたいんです。
ドクター　わかりました。では、まず触診から血液検査、レントゲン検査にかかります。
ヘンリー　エコー検査もお願いします。
ドクター　それは私の判断でします。隣室でお待ちください。
ヘンリー　失礼しました。（去る）

ドクターは原稿を読み始める。ほとんど一枚一秒ほどの速さ。アスラムが入ってくる。

アスラム　原稿が届いてるよ。
ドクター　そこに置いてください。

アスラム　（置いて）他人の原稿にばっかかかずらってんじゃねえぜ。
ドクター　……。（読んでいる）
アスラム　おれの書いたの、読んでくれよ。
ドクター　書いたんですか？
アスラム　書けてねえよ。
ドクター　いつもこれですね。
アスラム　なめてんじゃねえぜ。
ドクター　静かにしていてください。
アスラム　なんで、おれが静かにしていなきゃなんねえんだよ。
ドクター　他人の物語の最中なんです。
アスラム　誰のだよ？
ドクター　ヘンリー・サイトー。
アスラム　ああ、あいつね。あいつの劇はよく刑務所でもやってたよ。
ドクター　アスラム、だから私は今ヘンリーの物語の最中なんです。
アスラム　他人の世話焼きばっかしやがって。
ドクター　私は医者なんです。いろいろな患者を診るのが職業なんです。
アスラム　やめちまえよ。そんな仕事。（去る）

ドクター、読み終えて原稿を置く。ヘンリーが入ってくる。

ドクター　タイミングがいいですね。
ヘンリー　ええ。これはぼくのドラマですから。検査は終わりましたね？
ドクター　ええ。
ヘンリー　……。
ドクター　どうしました？
ヘンリー　診察が怖いんです。
ドクター　いきなりの宣告が来るんじゃないかということで？
ヘンリー　「どうでしたか？」と聞くのが、あまりにありきたりで怖いんです。
ドクター　ありきたりが怖い？
ヘンリー　ええ。
ドクター　おかしな話ですね。あなたの特技はありきたりでしょう。
ヘンリー　……。
ドクター　あなたはありきたりで勝負して、ありきたりで勝ち抜いてきた書き手です。
ヘンリー　で、これは、どうでした？
ドクター　相変わらず舌を巻く上手さですね。
ヘンリー　この先は、どうすればいいんでしょう？

ドクター　この調子で進めればいい。なにが不安なんですか？
ヘンリー　それだと、プロデューサーの意向とは違ってしまう。ずっと人が望むものを書いてきたつもりです。人が望んだものを期待以上に仕上げるのが、誇りでした。でも、今回のこれは、なにが望まれているのかがわからなくなってしまった。
ドクター　善し悪しの判断はヘルマンに任せればいい。あなたは、あなたの物語を書けばいいのです。
ヘンリー　ですから、書けないんです。ありきたりが怖くなってしまったんです。
ドクター　それは、あなたにとって致命的だ。
ヘンリー　書かれていないものを書きたいんです。
ドクター　どうですかね。
ヘンリー　……。
ドクター　どんなもんでしょうかね。
ヘンリー　は？
ドクター　私なりにこの先のストーリーを考えてみたんですがね。あなたのプライドというものもあるから、どうしようか迷っていたんですが、読みたいですか？
ヘンリー　プライドなどとっくに捨てています。
ドクター　でも、以前とは違いますよ。
ヘンリー　は？
ドクター　七年前と同じでは困るという意味です。あなたは今では人気者ですからね。私はあなたに診察結果を渡す。あなたは基本診察料としていくばくか置いていく。それだけでした。いつも、それだけでした。

ヘンリー　ぼくは診察結果をもらう。いくばくか置いていく。ぼくは書く。ヒットを飛ばす。ぼくにたくさん入ってくる。

ドクター　診察後は、いつもナシのつぶてでしたからね。そういうことをおっしゃりたいわけで？

ヘンリー　わかりました。

ドクターは自分の原稿をヘンリーに渡す。

ヘンリー　今読んでいいですか？

ドクター　どうぞ。

ドクターは違う原稿を取り出してページをめくる。ヘンリーはそれをじっと見ている。

ヘンリー　それはなんですか？

ドクター　違う患者の原稿です。

ヘンリー　患者さんは、多いんですか？

ドクター　初心者からヴェテランまで。名前を言ったらびっくりするような大家も来てます。

ヘンリー　それを聞いて少し安心しました。

ドクター　展開に行き詰まって死んでしまう人もいます。愚かですよ。登場人物の誰かを死なせればいいものを。今更あなたには釈迦に説法でしょうが。あなたもさんざやってるでしょう、ストーリーを転がすには誰かを死なせる。それを作家本人が死んでしまってはね。

ヘンリー　……。

ヘンリー、読み始める。ドクター、読み続ける。競争しているかのようにふたりが読む速度は速い。ふたりの原稿をめくる音が異様に響き渡る。アスラムが入ってくる。

アスラム　おい、今晩なに食うかね。昨日の残りのメンチはよお……あ、ヘンリー・サイトー。

ヘンリー　どうも。

アスラム　あんたの劇、何度も見たよ。刑務所で見るのにはサイコーだよ。カンドーしたよ。

ヘンリー　ありがとうございます。

アスラム　まあ、十五分もすれば、忘れる芝居だけどな。

ヘンリー　……。

アスラム　いや、十分だな。十分もつかもたないかだな。

ヘンリー　ちょっと今忙しいんで。

アスラム　今忙しいの？

ヘンリー　読んでるんです。
アスラム　忙しい忙しいって人気者ぶってんじゃねえよ。（去る）
ヘンリー　あれは誰ですか？
ドクター　読んでる最中です。
ヘンリー　失礼。（自分のほうを読み出す）
ドクター　（読みつつ）人類の歴史と同じだ。同じところをぐるぐる回っている。
ヘンリー　（読み終えた様子）……この程度か。
ドクター　読み終えましたか？
ヘンリー　……こんなもんか。
ドクター　は？
ヘンリー　がっかりだな。
ドクター　へえ。
ヘンリー　ありきたりだ。
ドクター　あなたの代わりに、ありきたりを書いたのですよ。
ヘンリー　なにも新しくない。
ドクター　世間はあなたにそれを求めてはいません。
ヘンリー　変わりたいんだ。
ドクター　よかった、おもしろかったで、十分で忘れられるものを、書いていればいいんです。あなたは望まれるものを書いていればいいんです。誰もがトニーのようだったら困るんです。

ヘンリー　トニー!?　トニーがどうしました?

ドクター　彼には書きたいことがある。

ヘンリー　あんなの自己満足でしょう。

ドクター　確かに失敗作は、そうだ。彼の欠点は、失敗率の高さだ。

ヘンリー　ぼくにはたくさんの観客がついている。

ドクター　それが唯一の救いというわけですな。

ヘンリー　言い過ぎじゃないですかね。

ドクター　あなたが、私に言わせてるんです。

ヘンリー　勝手なこと言いやがって……

ドクター　お帰りください。

ヘンリー　帰ります。

去りかけるヘンリーに、

ドクター　原稿は置いていってください。

ヘンリー　……。

ドクター　私の書いた分の原稿ですよ。そのまま持っていこうとしましたね。いつもの手口だ。昔からの遣り口だ。気がつくと、私の原稿を持ち逃げしている。

ヘンリー　診察料は払っています。

ドクター　デビュー当時、君のドラマで評価されたのは、私が書き足した部分だった。次の作品も、その次のも。そして、君は立ち去って、なんの連絡もよこさなくなった。壁にぶち当たっていることは知っていましたよ。そろそろ来る頃だと踏んでいたら、思った通り殊勝な顔で現れた。しかも、七年前と同じ手口だ。私もなめられたもんだ。いいか、ヘンリー。あなたの成功作は、私との共作です。そういうことなんです。それでいいんです。ひとりでなんでもやれると思ったら大間違いです。今のあなたは傲慢なのです。

ヘンリー　うるさい！

ドクター　うるさい？

ヘンリー　なにがわかる！

ドクター　あなた、疲れていますね。

ヘンリー　あんたにおれのなにがわかる！（机を叩く）

ドクター　（びくりとする）

ヘンリー　どういう思いで書いているのか、あんたらになにがわかる。（机を叩く）

ドクター　あんたらって、あなた、いろいろな評判に疲れてるんですよ。

ヘンリー　わかってるのは、おれだけだ。（机を叩く）

ドクター　それこそ自己満足です。

ヘンリー　あれはおれの作品だ。（机を叩く）おれのものだ！（机を叩く）おれのドラマだ！（言うたびに机を叩く）
ドクター　（異変が生じる）
ヘンリー　本心からヒューマニズムを信じてるんだ！
ドクター　私もかつてはそうだった。
ヘンリー　偽善者なんて言うな！
ドクター　私は、言ってません。
ヘンリー　甘っちょろいなんて言うな。
ドクター　ですから、私は言ってません。他の誰かが……
ヘンリー　人がひとりでも生きる希望を持てるように書いてるんだ！
ドクター　けっこうです。でも、私は、苦しい……
ヘンリー　人を苦しみから開放させるのが物語なんだ！
ドクター　いや、私は、苦しい。苦しい……

ドクター、激しく胸をかきむしる。

ヘンリー　ちょっと、だいじょうぶですか？

ドクター、静かになる。

ヘンリー　え？（近づき）ドクター。（触れる）……マジかよ。

携帯電話を取り出すが、やめる。部屋を出ようとする。ノックの音。ヘンリー、焦る。ノックの音。ドクターの顔にサングラスをかけ、背後にまわって、まとっているマントに身を隠し、腕を出して二人羽織の態勢を取る。ノックの音。

ヘンリー　（ドクターの声色を真似て）どうぞ。お入りください。

トニーが入ってくる。

ヘンリー　（驚いて）トニー！
トニー　なにをそう驚いてるんです？
ヘンリー　いや別に。やあやあ、こんばんわ。
トニー　早すぎたでしょうか？
ヘンリー　早すぎたよ！
トニー　すいません。出直します。

ヘンリー　待て待て。いいからいいから。おすわんなさい。でも、あまり長居はすんな。
トニー　そのつもりはありません。いかがでしょうか？
ヘンリー　なにが？
トニー　読んでいただけたでしょうか？
ヘンリー　ああ。これね。読んだ読んだ。
トニー　いかがでしょうか？
ヘンリー　サイテー。チョーサイテー。
トニー　やっぱりそうか。ありがとうございます。失礼します。（ドクターの前にある自分の原稿を取ろうとする）
ヘンリー　待て待て。検査結果を聞かないのか？
トニー　駄目というだけで十分です。（原稿を持ち帰ろうとする）
ヘンリー　待て待て。おれのほうで聞きたい。なにを書いたんだ？
トニー　読んだんでしょう？
ヘンリー　忘れちゃって。
トニー　その程度の出来と言いたいんですね。いままでになかった物語を書いたつもりです。
ヘンリー　流行ってるんだな。
トニー　流行ってるんですか。絶望的だな。
ヘンリー　絶望的？

トニー　みんなでそんなことにいれあげだしたら、世界が崩壊してしまう。
ヘンリー　そうは思わないな。希望だと思うけどな。
トニー　そんなふうには考えられません。
ヘンリー　だから、暗いドラマしか書けないんだよ。
トニー　暗いというなら、暗いものしか書けません、
ヘンリー　立派だね、君。
トニー　書きたいものしか書きたくないです。
ヘンリー　親の遺産はあるのか？
トニー　ありません。
ヘンリー　家賃収入とか？
トニー　ありません。
ヘンリー　じゃあ、望まれるものを書かないとな。
トニー　タコ焼き屋でもやりながら、書いていこうと思っています。
ヘンリー　そんな中途半端な根性のタコ焼き屋のタコ焼きなんざ、うまくないね。
トニー　おっしゃる通りです。ですから、いままでにない物語に賭けてたんですが。
ヘンリー　同期にヘンリーがいたろ。
トニー　ええ。
ヘンリー　どう思うかね？

トニー　糞ですよ。悪いやつじゃないけど、書くものは糞だ。
ヘンリー　あっそう。
トニー　直してから、また来ます。そうか、希望と考えることか。（自分の原稿を取り上げようとする）
ヘンリー　待て待て。これは置いていけ。
トニー　持って帰ります。
ヘンリー　もう一度読むから。
トニー　書き直します。

原稿をふたり取り合う。

ヘンリー　ごめん。あんまし真剣に読んでないんだ。
トニー　とにかく推敲しますので。

ヘンリーは、ドクターのマントから出てしまう。

トニー　あ。
ヘンリー　あ。元気かい？

トニー　なんでおまえがいるの？
ヘンリー　なんでおまえがいるの？
トニー　言ったろう。
ヘンリー　聞いたよ。
トニー　で？
ヘンリー　で？
トニー　で？
ヘンリー　劇が行き詰まってんだ。
トニー　ドクターは？
ヘンリー　ドクターは死んでるよ。
トニー　なんで？
ヘンリー　突然苦しんで。
トニー　こんなことしてる場合かよ。（ドクターを抱えて）足持って。床に移すから。

ふたりはドクターを床に横たえる。

ヘンリー　死体処理か？
トニー　生き返らせるんだよ。

トニー、胸骨圧迫を施す。

ヘンリー　人工呼吸はしないのか？

トニー　それはちょっと。

アスラムが、やってくる。ＡＥＤを持っている。

アスラム　どいたどいた。どけって言ってんだよ。（ドクターの胸にパッドをつけて）ボケッとつったってんじゃねえよ。びりっとくるから、離れて離れて。もっと離れろよ、びりびりだぞ、びりびり。（ショックボタンを押す）

ドクターは上半身を起こす。

ヘンリーとトニー　おー。

アスラム　あんまり、人の手煩わすな。こっちも暇ってわけじゃないんだから。（去る）

ヘンリー　す、すいません。

ドクター　これはあなたの仕業ですか？
ヘンリー　は？
ドクター　これもあなたが書いたんですか？
ヘンリー　ぼくが書いたのは、ドクターが死ぬまでです。
ドクター　金、金ってずいぶんと私を俗人にしてくれましたたね。
ヘンリー　すいません。
ドクター　謝ることはない。なかなか立派な自己批評ぶりでしたから。しかし、ここでトニーが登場するとはね。どう思いますか、トニー？
トニー　びっくりしました。
ヘンリー　ぼくもトニーが現れるとは思いませんでした。
ドクター　災難でしたね、トニー。
トニー　ええ。
ドクター　この展開をどう思いますか？
トニー　わかりません。
ヘンリー　誰の仕業ですか？
ドクター　おそらく、アスラムでしょう。
ヘンリー　アスラム？
ドクター　たった今ＡＥＤで私を蘇生させた男です。

ヘンリー　あの男がなぜ介入してくるんです？
ドクター　君たちに試練を与えているのでしょう。
ヘンリー　ぼくに二人羽織をさせたのが？
ドクター　あの男もなかなかの頑固者ですからね。あなた自身はどう続けようとしていたんですか？
ヘンリー　ドクターの死体を隠して、発覚を恐れつつ生活していく作家が描かれます。やがて、すべてを知っているという売れないライターが現れて、彼をゆするんです。そこで彼は売れないライターを殺してしまう。
ドクター　ありきたりです。
ヘンリー　でもハッピーエンドで終わるんです。
ドクター　それは一体何が勝利したということなのだろう？
ヘンリー　わかりません。
ドクター　その心の隙間をアスラムはつけこんだんです。君たち、気をつけなさい。トニー、君もいままでにない物語に取り組んでるんですね？
トニー　ええ。最初は共同執筆から出発したんですが。
ドクター　それは無理に決まってる。
トニー　おっしゃる通りです。
ヘンリー　やっぱり、おれは、降りる。（去る）
ドクター　ひとりになったぞ。チャンスだ、トニー。君の物語を始めましょう。

4

ドクターとトニー。黙って座っている。

ドクター　なにを黙っているのです？
トニー　待ってるんです。
ドクター　なにを？
トニー　物語を。
ドクター　待ってたら降って来るとでも思ってるのですか？
トニー　待つしかないんです。
ドクター　こうした展開に別段新鮮味は感じられません。
トニー　さて、どうしましょう？
ドクター　こっちが聞きたい。
トニー　今これを書いてるのはぼくですね？
ドクター　おそらく。
トニー　ぼくが書いてるという証しを、どこで見いだせばいいのでしょうか？

ドクター　それは書くしかないな。
トニー　なるほど。ぼくの原稿読まれましたでしょうか？
ドクター　読まれました。
トニー　いかがでしょうか？
ドクター　君の世界は独特過ぎます。
トニー　わかっています。
ドクター　殺人者を出すのはやめたらどうです？
トニー　いままでにない物語を書こうとしてるんです。
ドクター　殺人者はおおむね書かれてますよ。
トニー　わかっちゃいるけど、やめられないんです。
ドクター　そうですか。
トニー　そうです。大勢の観客を獲得できる手口を教わりたいわけではないんです。
ドクター　わかってます。
トニー　どうにも先に進めなくなってしまった。
ドクター　君もそうですか。
トニー　ヘンリーと一緒にしないでください。
ドクター　嫌いなんですね。
トニー　彼には才能があります。行き詰まったと言ってても、いずれひとりで解決できます。

ドクター　君にも才能はありますよ。ヘルマン・プレミンジャーは異なるふたつの才能に賭けたってわけだ。彼に認められたんだから、君たちは有望ってことですよ。

トニー　その期待に応えられていません。

ドクター　なにを書きたいんですか？

トニー　どこにもいない犯罪者を書きたいんです。

ドクター　どこにもいないなら、書けませんな。

トニー　いままでにない物語を書くとしたら、それしか方法が見つからない。

ドクター　君らしいですね。もっと気楽にやればいいのに。

トニー　どうしたらいいのでしょうか？　ドクター。

ドクター　待つしかありませんね。

トニー　新鮮味のない展開と言いませんでしたか？

ドクター　本当のことを言えば、我々はありきたりに負け続けることしかできないのです。ヘルマンが求めるのは、そうした敗北の展開かも知れない。

トニー　それだったらヘンリーのほうが上手に書ける。やっぱりぼくは、待つしかないんだ。

ドクター　……。

トニー　……。（立ち上がって変な仕草をする）

ドクター　なんですか、それは？

トニー　間を埋めてるんです。

ドクター　静かに待っていられないんですか？
トニー　どうやら、そうみたいです。
ドクター　君はやっぱりサーヴィス精神を捨て去ることができないんです。こういう世界は向いてないようです。
トニー　どうやら、そうみたいです。

アスラム、来る。

ドクター　厄介なのが現れたが、どうしますか？
トニー　ぼくが呼んだんです。
ドクター　ほほう。
アスラム　お呼びでしょうか、旦那様。
ドクター　ここに座って、現在の心境を語ってくれたまえ。
アスラム　なんで？
ドクター　この方のために。
アスラム　劇作家のアスラムです。なかなか数奇な人生を送っています。
ドクター　トニーは、どこにもいない犯罪者を書きたいっていうんです。だから、ひとつ君の体験やらなにやらを話してやってくれませんか。

アスラム　いいですよ。でも、三時十分にはあがらせていただきます。数奇な人生を送ってますので。
トニー　劇を書いてらっしゃる？
アスラム　書いてらっしゃいます。
ドクター　アスラムは、死刑確定囚の劇作家なのです。
トニー　は？
ドクター　シャバでぽんぽん人の首を刎ねたんです。こいつは人間じゃない。
アスラム　ホワイト・タイガーかも知れません。
トニー　君、ぼくはそんなことは書いてはいない。
ドクター　『スキヤキソング』のメロディを聞くと、刎ねたくなるというのです。
トニー　そういうのは、やめてください。
ドクター　（歌う）
アスラム　うーうー。苦しい。完璧には更生していないんですう。
トニー　こういうシーンを作るために君を出したんじゃないっ。
アスラム　……。
トニー　死刑の執行はいつですか？
アスラム　法務大臣に聞いておくれよ。あーあ、あと何本ドラマが書けるんだろうなあ。
トニー　まさに命懸けだ。
アスラム　まあな。

トニー　どんな感じですか？
アスラム　なにが？
トニー　人を殺すっていうのは。
アスラム　大変ですよ。人間の体の大部分は血液だと思い知らされます。なんたって、あーた、血がドバドバすごいんだから。臭いもすごいよ。やるもんじゃないよ。
トニー　殺した後は、どういう感じですか？
アスラム　しばらくお肉が食べられなくなりましたが、いずれ慣れて牛丼もすぐに食べました。
トニー　死を待っているのは、どういう感じですか？
アスラム　どうもこうもありませんね。
トニー　書いたものを読ませていただけませんか？
ドクター　それはやめておいたほうがいいですよ。
トニー　なぜです？
ドクター　くだらないからです。
トニー　……くだらない？
ドクター　くだらないです。
アスラム　くだらないです。
トニー　ご自身の殺人のこととかを書いてるんじゃないんですか？
アスラム　最初はそれをミッシェル・フーコーの文体で書いていましたが、誰も喜ばないんで止めました。

トニー　誰が喜ばないんですか？

アスラム　他の死刑確定囚とか看守とか。難しくてわからないってんだ。それで、くだらないのを書き出したら、みんな大喜びです。死を隣人に置いた人間たちに立派なドラマは要りません。

トニー　そんな……

アスラム　くだらないのが一番です。心が和みます。

トニー　やめてください。

アスラム　殺人者に過大な期待を寄せると馬鹿を見ます。みんな、馬鹿ですから。

トニー　いや、人が人を無いものにしてしまうという行為の謎にこそ、いままでにない物語の鍵はある。

アスラム　みんなアホ面下げて税金食い尽くしてますよ。海に近い刑務所だと食材が豊富です。

トニー　ぼくのジャックナイフは何だったんだ？

アスラム　あなた、殺してらっしゃる？

トニー　いいえ。

アスラム　そんなに言うんでしたら、ご自身で体験してみるといい。なにかが見つかれば幸いです。

トニー　そういうのは、少年の頃やりました。

アスラム　もう一度確かめるんです。出せよ、ナイフを。

トニー　ナイフ？

アスラム　ここは腹を割って話しましょう。

トニー、ジャックナイフを取り出す。

アスラム　ほうら、持ってた。
トニー　(すがるように) ドクター……
ドクター　この展開は、作家として一皮剥けるチャンスかも知れません。(『上をむいて歩こう』を歌いだす)
アスラム　うーうー。やめておくれー。
ドクター　(歌い続ける)
アスラム　うーうー。

アスラム、トニーに迫る。

ドクター　そうらトニー、閉ざされたシャッターが夕焼けに染まっていますぞ。
トニー　うわー。

アスラムの腹にジャックナイフが刺さる。トニーはナイフの柄から手を離す。ナイフはアスラムの腹に刺さったまま。

トニー　だめだ。だめだ。こんなんじゃ、だめだ！（去る）

ヘンリーが来る。

ヘンリー　あの、やっぱり降りません。書き続けます。

アスラムはヘンリーに向かって、

アスラム　たすけてちょうだい。

ヘンリーはアスラムを抱きとめる格好になる。アスラムが床に倒れると、ヘンリーの手にジャックナイフが握られている。

ドクター　人殺しだっ！

ヘンリー　へ？

サラが来る。光景を見て、

サラ　おおっ！　やっちゃったんだ。

ヘンリー　違う、違うってば。（とジャックナイフを振り回す）

サラ　きゃあああああ！

ドクター、去ろうとする。

ヘンリー　どこに行くんです？

ドクター　いちいち理由がいるのか。

ヘンリー　昔、さんざっぱら言われましたから。人物の登場退場には必ず理由があるようにって。

ドクター　理由がなくても去りたい人間はいます。（去る）

ヘンリー　ったく、トニーの書くもんはいっつもこんなふうだ。

サラ　やるなら一突きでね。ざっくざくはやめてよ。

ヘンリー　あ？

サラ　だからざっくざくよ。十数カ所の刺し傷っちゅうのは嫌よ。

ヘンリー　なんで、おまえがここにいるんだよ？

サラ　なんで、あんたがここにいるのよ？

ヘンリー　これはまだトニーの世界なのか？
サラ　違うと思う。
ヘンリー　おまえを登場させたのは、トニーじゃないのか？
サラ　あたしは勝手に来たのよ。
ヘンリー　だから、なんでだよ？
サラ　書いてるのよ。
ヘンリー　なにを？
サラ　ドラマよ。
ヘンリー　は？
サラ　ストーリーよ。
ヘンリー　おまえが？
サラ　物語よ。
ヘンリー　女優の仕事はどうした？
サラ　書き出したのよ。
ヘンリー　やめとけよ。
サラ　ドクターは筋がいいって。
ヘンリー　あの人は基本的にいつも褒める。
サラ　新作を依頼されたの。

ヘンリー　誰から？
サラ　ヘルマン・プレミンジャー。もううれしくって。
ヘンリー　……。
サラ　なにを書いてもいいんだって。信頼されてる証拠ね。
ヘンリー　いままでにない物語とは、なにを書いてもいいってことじゃないだろっ。
サラ　なんで知ってるの？
ヘンリー　おれは完璧に馬鹿にされてる。
サラ　馬鹿になんかしていませんから、殺さないでください。
ヘンリー　おまえのことじゃない。ヘルマン・プレミンジャーだよ。
サラ　あら、お知り合い？
ヘンリー　おれたちに頼みながら、駆け出しのおまえにふってるってのは、どういうことだ。
サラ　あんたも書いてんだ！
ヘンリー　どういうことだ！
サラ　保険をかけたんじゃないかしら。
ヘンリー　なめてんじゃねーぞ。
サラ　わかった。それで競争相手のあたしを殺そうとしてんのね。
ヘンリー　これは違うんだって。ちきしょう、柄が手から離れない。張りついたみたいだ。

トニーが戻ってくる。トニーはヘンリーの手からジャックナイフをゆっくりはがし、しまう。

ヘンリー　そうか。まだ君のストーリーのなかなんだな。
トニー　たぶん。（アスラムを指し）この死体があるからね。
ヘンリー　なんでサラなんか出したんだ?
トニー　サラのことは知らない。
ヘンリー　とぼけるなよ。
トニー　よくわからない。登場人物が勝手に動き出すんだ。
ヘンリー　君もそうか。
トニー　ああ。
ヘンリー　おれもだ。
サラ　びっくりね。ふたりともドクターに見てもらってるなんて。あたしみたいなぺーぺー専用って思ってたのに。
トニー　本当に書き始めたんだ。
サラ　はい。
ヘンリー　女優はやめたのか?
サラ　他人の人生やってる暇ないって気がついたの。
ヘンリー　意外だな。

サラ　どこが意外？　忘れたの？　最初にこの三人が出会ったのは、劇作教室よ。
ヘンリー　不まじめだったな。
サラ　そんなことないわ。
トニー　欠席が多かったな。
サラ　モデルのバイトが忙しかったの。
ヘンリー　女優のほうが向いてるね。
サラ　あんたにそんなこと言う権利あるの？
トニー　君に書きたいことがあるのか？
サラ　自分の人生を生きたくなったの……（何かに気づき）誰？

いつの間にか、ドクターの椅子にひとりの老人が座っている。

トニー　誰だ？
ヘンリー　どうしました、おじいさん？
ヘルマン　ヘルマン・プレミンジャーです。
ヘンリー　ヘルマン・プレミンジャーさん！
トニー　あなたが！
サラ　年寄り！

トニー　失礼なこと言うな。
ヘンリー　これはこれは、プロデューサー。この場所を知ってらしたんですか？
ヘルマン　知らない者はいないが、みんな知らないことにしている。それがこの書斎だ。
ヘンリー　ドクターを呼びましょうか？
ヘルマン　古くからの知り合いなので、けっこう。どうですか、皆さん、書けたかな？
サラ　書けました！
トニー　書けたんだ！
ヘルマン　なぜ、持って来ない？
サラ　ドクターに見てもらってる最中です。
ヘルマン　わたくしに見せなさい。
サラ　ドクターにサイテーと言われたので、書き直しています。
ヘンリー　褒めないんだ！
ヘルマン　おはよう、ヘンリー君。
ヘンリー　おはようございます。
ヘルマン　おはよう、トニー君。
トニー　おはようございます。
ヘルマン　君たちの進捗はどうかね？
ヘンリー　共同執筆は止めて、各々書くことにしました。

ヘルマン　勝手なことすんじゃねえよ。
ヘンリー　トニーがわがままなんです。
トニー　ヘンリーがゴーマンなんです。
ヘルマン　どうやら、ふたりでは無理なようですな。三人で共同執筆していただきたい。
三人　えっ。
ヘンリー　でも……
ヘルマン　デモはいらない。
トニー　あの……
ヘルマン　アノもいらない。
サラ　仲良くやろうよ！
ヘルマン　笑うことに飽きた。泣くことにも飽きた。感動することに飽きた。飽きることに飽きた。若いみなさん、わたくしを楽しませてほしい。ハハハハハハハハハ。（笑いながら去る）
ヘンリー　充分楽しそうだけどな。
トニー　楽しくないから、あれだけ笑えるんだ。
サラ　三人で書くなんて、うれしい。

アスラム、むっくり起き上がり、

アスラム　おれも一枚かむぜ。
ヘンリー　あんたはだめだ。
サラ　いいじゃない。
ヘンリー　どう思うよ、トニー。
トニー　残念だが、君の文体は物語を混乱させる。肌合いが違うんだ。
アスラム　排除しようってんだな。
ヘンリー　君はひとりで書けるだろ?
トニー　数奇な人生だからな。
アスラム　おめーたち全員、つまんねーんだよ。(去る)
サラ　彼はなんなの?
トニー　ホワイト・タイガー。
サラ　どっかから逃げてきたの?
トニー　たぶん。最初はぼくのトラウマの象徴のつもりだったんだが、なんだか途中で変になった。
ヘンリー　君の書くものはいつも自分のことだ。
トニー　批判されたな。
ヘンリー　批評だよ。
サラ　さあて、さっそく、手のうち明かしあおうぜ。
ヘンリー　気分が乗らないな。

サラ　時間がないぞ、時間が。
トニー　締め切り、言われたか？
ヘンリー　言われてない。今日はやめとこう。おれは疲れたよ。
サラ　時間がないぞと、言われましたけど。
トニー　いつまでに上げろってんだ？
サラ　知りません。ただ恐ろしく時間がないとだけ。
トニー　やろう。やるしかないよ、ヘンリー。ジーサン、ぎゃふんと言わせてやろうぜ。
サラ　パソコン持って来なくちゃ。
トニー　ぼくもだ。もう一度、ここで集合しよう。

三人、去る。

5

アスラムがパソコンを持って入って来る。

アスラム　どこ行った？　てめーたち、どこに隠れた？

ドクターが入って来る。

アスラム　トーマス、連中をどこに隠した？
ドクター　慌てるな。
アスラム　おれは書き続けるからな。
ドクター　どうぞ書き続けてください。！（驚く）

ドクター、気配に振り返る。自分の椅子に誰かが座っているらしい。ふたりにはそれが見えるらしいが、誰もいない。

ドクター　アスラム。
アスラム　ジーサン、また出てきやがった。
ドクター　（椅子に向かって）おはようございます。……まだです。あと少し時間をください。……はい。あと少し。
アスラム　おまえ、書いてるのか？
ドクター　答えたくないね。

アスラム　ぬけがけしようってんなら容赦しねえからな。ちきしょう。どいつもこいつもなめくさりやがって。
ドクター　（問いに答えるように）はい、書いています。
アスラム　てめーやっぱり書いてんだな。
ドクター　……書いています。もうすぐ書き上がります。今度こそ書き上げます。
アスラム　ちきしょう、あんな若造どもに先越されてたまるかってんだ。連中なんざよりかつてのおれは人気があったんだ。おれの実力見せてやるからな。（キー・ボードを叩く）

6

ヘンリー、トニー、サラ。
各々、パソコンを持って来ている。

ヘンリー　さて、どう始めるか？
サラ　ワンシーンごとに書き継いでいかない？
ヘンリー　そうやっていって、おれたちは失敗した。

トニー　失敗した。お互いなにもかもが違い過ぎた。
サラ　歩み寄る努力ってのをしないのね。
トニー　いずれどっちかが裏切る。
ヘンリー　自分はいい子チャンか。
トニー　どっちかがって言ってるだろ。
サラ　仲悪いのね。
ヘンリー　そんなにでもないさ。
トニー　そんなにでもない。実は見た目ほど悪くはない。だが、文体もストーリー展開も違う。ばらばらでつながらない。
サラ　つながらないままにしちゃえば。
トニー　それも考えた。
ヘンリー　それも考えた。それこそが、いままでにない物語じゃないかってね。だが、結局それは、いままでにない失敗作だって結論にたどり着いた。
サラ　なるほど。
トニー　サラ、君の書いたものを読みたいな。
サラ　見せたくない。
トニー　なにを書いたかぐらい教えてくれよ。
サラ　男性はなぜ浮気をするのか。一緒にラーメンを食べただけで浮気と判断する女性の心理と

ヘンリー　は。なぜ売春はなくならないのか。人はなぜ他人のセックスを見たがるのか。ポルノ・ヴィデオに出る女性はなぜ自分のセックスを見せたがるのか。
サラ　君が出てるポルノ・ヴィデオを見た。
ヘンリー　それ、あたしじゃないわ。
サラ　君だったよ。
ヘンリー　あたしじゃない。
サラ　へえー。
ヘンリー　あたしがポルノ・ヴィデオに出た理由は、妹に見てもらいたいためだったんです。
サラ　出てるじゃないか。
ヘンリー　死んだの。
トニー　あ？
サラ　死んだ？
トニー　妹。
サラ　その話を書いたの？
ヘンリー　はい。
トニー　なんだかなあ。
サラ　聞かせてくれないか？
　（パソコンを開く）誰かが不意に死んでも納得できてしまう夏だった。

トニー　いい出だしだ。
サラ　こうしてると、昔の劇作教室を思い出すわ。
トニー　ああ。
サラ　なんで、あんたらはあたしを口説かなかったの？
トニー　タイプじゃなかったんだろうな。
ヘンリー　気が乗らなかったんだろうな。
サラ　意気地のない男たちね。
ヘンリー　いいから、続けろよ。
サラ　八月の不吉さを少女の私は感じていた。少年はのんき者だ。少女は少年のようにいつも陽気ではいられない。でも、少女がみんな、これから身にかかることの不吉さを知っているかというと、そうでもない。可愛さで大人たちをねじ伏せて指図できる幸せな少女は、鈍感さをプライドにして育っていく。きっとこのまま美しく鈍感な女になるであろう少女は、不吉さなど感じたことがないから、そこそこ幸せではない少女の予感など無視して遊びに誘う。そこそこ幸せではない少女である私は、不吉な夜だと思いながら、幸せな少女の明るさに気圧されて、夜の川べりに向かう。そこでは、幸せな少女たち、そこそこ幸せな少女たち、そこそこ幸せではない少女たち、どこまでものんきな少年たち、あきれるほど馬鹿な大人たちが集まって花火を楽しんでいる。
夜の暗い川に極彩色の火の粉が映っている。私が持たされた棒からも銀色の炎の粒が飛び散っている。二十連発の打ち上げ花火が始まって誰もが空を見上げている時、私のすぐ隣にいた妹が燃え上がった。妹と私の叫びは、華やいだ夜のいろいろな音にかき消されていた。火はゆかたの裾から広がった。化学繊維製の安物のゆかただったから、火はあっという間に小さな体を覆った。五歳だった。私は叫ぶ以外なにもできなかった。いや、叫ぶこともできなかったのかも知れない。私はなにもできなかった自分を少しでも正当化しようとして、声も出せなかったのに、叫ぶ以外なにもできなかったと記憶の修正をしているに違いない。

妹は、私の目の前で燃えた。誰の花火の火がゆかたの裾に引火したのかは未だにわかってはいない。わからないことになっているが、私は見ていた。それはその夜、私と妹を誘った幸せな少女の花火だった。幸せな少女の曼珠沙華のような花火の火が、妹のゆかたに移るのを私は見ていた。見ていたのに、なにも言わなかったのは、幸せな少女の幸せな力に私が負けていたせいだ。私は思った。私の一言で幸せな少女は幸せでなくなってしまう。そういうことなら、そこそこ幸せでない私たち姉妹が、不幸せになったほうが楽だ。大人になった私は妹に申し訳なく感じて、したくもないセックスをして、他人に見てもらう。一番見てもらいたいのは、妹だ。妹がそれを見て喜んでくれたらと願っている。幸せな少女は、今はあの夜のことなどすっかり忘れて、幸せなままであるに違いない。

……おしまい。

トニー　終わり?

サラ　もうしゃべりたくない。
ヘンリー　そうだろうな。
サラ　私の罪です。
トニー　そうは思わないね。
サラ　私の花火が友達の妹に引火したんです。
トニー　友達の妹？
サラ　このなかの、幸せな少女が、私です。
ヘンリー　なあるほど。
サラ　物語のなかの「私」が自分だとドクターには説明しました。妹を失った「私」という、そこそこ幸せではない女の再生の物語。ドクターはすぐに嘘を見破りました。私は、自分をそこそこ幸せでない少女と設定して罪から逃げようとした。
トニー　その設定で初めて書けたということだろ。
サラ　自分が許せなくなった。たいして不幸でもない女が、不幸な女を書くのは、許せない。
トニー　君は幸せなの？
サラ　残念だけど、そこそこ幸せです。
トニー　どこが？
サラ　なんとなく。
トニー　君は全然幸せじゃないと思うけどな。

サラ　だったら、やっぱり嘘ばっか書いてる。

トニー　それを嘘だというんなら、ぼくだって嘘だらけだよ。（パソコンを開く）ぼくは、閉ざされた町から物語を始めた。現実にぼくが育った町がモデルだから、ストーリーの「ぼく」はぼく自身だろう。町で孤立しているぼくは、閉ざされたシャッターの前で、人を刺すことになっているが、実際は逆だ。ぼくは刺していない。刺されたんだ。いじめの果てにナイフで刺されたんだ。よく生きてるもんだ。

サラ　いじめられたの？

トニー　ああ、想像を絶するいじめさ。いじめられた人間は、この形容が得意だ。「想像を絶する」いじめ。なぜあんなにまで嫌われていたのか、大人になってやっとわかった。ぼくが嘘つきだったからだ。でもその時は自分が嘘をついているという自覚はなかった。ぼくはいつも想像の物語のなかに漂っていたからね。想像した物語のなかでの真実を現実で言うと、嘘つき扱いされるんだ。その嘘でぼくは幸せになるが、幸せそうなぼくをまわりは許せなくなる。ナイフで刺したやつはぼくを殺そうとしていたんだろうけど、ぼくは死ななかった。それからぼくは対人恐怖症になった。二十歳になってやっとそれを克服したが、今でも護身用のジャックナイフを持っていないと外出できない。死ななかったぼくは、刺された自分を書きたくはなかった。逆に加害者に仕立て上げた。いままでにない物語を完成するには、いじめられっこの物語は平凡過ぎるからね。

ヘンリー　そういう計算があったとはなあ。

トニー　ああ。
ヘンリー　そこまでは読めなかったよ。
トニー　そうだろな。
ヘンリー　トニー君ときたら、愚直なまでに生真面目な作家の仮面をかぶってはいるが……
トニー　仮面とはまたナイーヴなこと言うね。
ヘンリー　君のことを誤解していたかもな。
トニー　誤解していたな。
ヘンリー　うぶなやつだと思ってたけど、うぶなのはおれのほうだ。
トニー　うぶなほうが人気が出るって証拠だな。そこそこ田舎者のほうが好感度が高い。
ヘンリー　言ってくれるねえ。
トニー　言ってやったよ。
ヘンリー　トラウマの安売りはやめろよ。
トニー　そのまま書いてるわけじゃない。
ヘンリー　トラウマの捏造の安売りはやめろよ。
トニー　ほらね、こうやって嫌われていたんだ。
サラ　のんきな少年にはわからないのよ。
ヘンリー　じゃあ、トニーはなんなんだ？
サラ　この人は、不幸せな少女。

トニー　ありがとう。
サラ　不幸せな少女は、物語を紡ぐことでしか救われない。
ヘンリー　どいつもこいつもトラウマ、トラウマ！　おれはトラウマを物語の動機にしないからな。
サラ　のんきな少年のままでいな。
ヘンリー　本当のことを言おうか？
トニー　ってことは今まで言ってたこと全部嘘なんだ。
ヘンリー　おれだって人を殺してるんだ。
トニー　……出た。
サラ　出ましたね。
トニー　こういうのをヘンリーの口から聞きたかった。
ヘンリー　告白が続くな。やっぱりやめとこう。
サラ　やってよ。
ヘンリー　嘘かも知れないぞ。
トニー　誰に向かって言ってるんだ？　ぼくたちは劇作家だぞ。
ヘンリー　中学校三年だった。
サラ　傷つくには絶好の時期よ。
ヘンリー　映画と落語が好きだった少年は、要領がいいから勉強もよく出来たよ。
トニー　今と変わらないいんだな。

ヘンリー　要領がいいから、クラスでいじめが始まっても、適度にいじめるほうにつくことができた。直接手は下さないが、そばで適当に大将を囃し立てる役割さ。いじめの大将はジャックっていったな。ガキの世界は大人の競争社会と同じくらい熾烈だ。いついじめられるほうになるかわからないから、油断ができない。いじめられないポジションを維持するのに必死さ。ジャックたちのいじめを見て見ぬふりをする時もあった。最低な態度だけど、見て見ぬふりってのも必死さ。のんきな少年の現実は、見えないところで大変なんだ。ヘンリーは、閉ざされた町でトニーをいじめる一群のひとりだったのかも知れない。

トニー　勝手にぼくを出さないでくれよ。

ヘンリー　そう、川。サラ、おれも川だ。不吉な場所はいつも川辺なんだな。おっと、しかも八月だ。サラ、おれも八月だったよ。川辺にトニーを呼んでね。ジャックを中心に六人が、いじめられっ子トニーを呼び出すわけさ。

トニー　ぼくを出すなよ！

ヘンリー　不吉な予感がしたな。無視してりゃいいのに、またトニーがのこのこ来るわけさ。いじめられっ子ってのは、なんで柔順なんだ？

トニー　ひとりでいるほうが逆に怖いんだ。

ヘンリー　トニーはジャックが命じた金額の金を持って来なかった。なぜだとジャックが聞くと、トニーはいつものように嘘の言い訳ばかりを並べる。ジャックは川を向こう岸まで泳いで渡れと命じた。そうすれば許してやると。しばらくの間、みんな黙った。トニーがヘンリーを見た。大勢いるなかで、なんで自分を見るのか、ヘンリーにはわからなかった。トニーはヘンリーに向かって言った。
「おれ、いってくるわ」
川は広かった。トニーは川の真ん中辺りで消えた。トニーの最後の顔が忘れられない。特別にトニーと親しかったわけではなかった。でもトニーはあの時、ヘンリーだけは違う存在だと思ってくれてたんだ。ヘンリーは「行くな」と言いたかっただが、言わなかった。言ったら最後、今度は自分がトニーの立場になるとわかっていたから。

サラ　書くべきだわ。

ヘンリー　書かない。

トニー　当たるぞ。

ヘンリー　おまえらとは違う。

トニー　物語は商品だよ。

サラ　トニーがそんなこと言うとはね。

トニー　ここは競争原理が支配した世界だよ。

ヘンリー　その通り。

トニー　トラウマも商品だよ。

ヘンリー　その通り！

サラ　そうは思いたくはない。ヘンリーはそれを商品にしてないけど、人気者になりました。

トニー　それで今は壁にぶち当たってる。
ヘンリー　その通り！
サラ　あたし、やめるわ。
ヘンリー　降りるのか？
サラ　これに関わってると、なんにも書けなくなっちゃう気がする。
トニー　確かに……

アスラムが来る。

ヘンリー　誰がまたこいつを出したんだ。トニー、おまえか？
トニー　まさか。ぼくはもうしっかり懲りた。
アスラム　てめーたちゃ若者は、またなにぐだぐだほざいてやがんだ？
サラ　あたしたちもう展開が、ぐだぐだなの。
アスラム　ひとつ、おいらに相談してみろよ。
三人　……。
アスラム　黙りやがった。劇作家どうし腹割って話そうぜ。
サラ　劇作家なの？
アスラム　今までなんだと思ってたんだ？

サラ　ホワイト・タイガー。
アスラム　正しい。
サラ　どっから逃げてきたの？
アスラム　トーマスの頭んなかから。
サラ　トーマスって誰？
アスラム　そんなこたあ、ここじゃ置いといて、てめーたちゃ、どこまで書いたんだ？
ヘンリー　見ての通り。ここまでだ。
アスラム　展開してねーな。
サラ　展開させて。
アスラム　そんなこと言うと、おいらは頭のトンガリから足の爪先までマジになるぜ。いいのかい、ネーチャン？
サラ　いいよ。
アスラム　よーし。やってやろうじゃねーの。
トニー　ぼくはもう帰る。
アスラム　なんだと？　唐変木。
トニー　あんたとはつきあいたくない。
アスラム　警報が聞こえなかったか？
トニー　警報？

アスラム　テロ警戒警報だよ。官庁に爆弾が仕掛けられて、街はパニック状態だ。
トニー　ヘンリー、君、書いてるな。
ヘンリー　違う。
アスラム　おいらの世界だよ。どうでい？　ひとたびテロだの戦争だの起こりゃ、民衆は人が書くドラマなんぞに関わる暇もなくなる。てめーたちのアリンコみたいなドラマなんざ、ひとたまりもねえ、ふっとんじまう。どうせそんなもんなんだからよ、そんなもんなんだと思って書いてみろ。肩の力抜け、おたんこなす。
トニー　様子を見て来る。
アスラム　出るんじゃねえ、ボケナス。

アスラムは拳銃を取り出す。

アスラム　ここにいろ。
トニー　……。
アスラム　ハハハ、なにをおびえてるんだ、トニー。（拳銃を振って）小道具だよ。教わらなかったか？　忘れたか？

アスラム、トニーに拳銃を握らせる。

アスラム　様子を見て来る。（去る）
ヘンリー　拳銃か……
トニー　たぶん、同じことを考えてると思うんだけど。
サラ　せーの。
ヘンリーとトニー　展開が詰まった時は、登場人物のひとりを死なせろ。

トニー、ヘンリーに銃口を向ける。

ヘンリー　そうきたか。
トニー　まさか。（ヘンリーに拳銃を渡し）ぼくを殺せよ。ぼくが物語の犠牲になる。
ヘンリー　かっこよすぎないか。
トニー　自分でもそう思った。
ヘンリー　誰かが誰かを撃つにしても、物語が必要だな。男ふたりと女ひとり、か。
サラ　古典的三角関係やるしかないっしょ。
ヘンリー　降りるんじゃなかったのか？
サラ　無理っぽいっしょ。こうなったら、あたしの取り合いしかないっしょ。
ヘンリー　気が乗らないな。

トニー　ああ。気が乗らない。
サラ　なによ、あんたたち、いかさないわね。
ヘンリー　いいなあ。今の台詞。もう一度、早口で言ってみてよ。
サラ　なによ、しけた顔して。あんたたち、いかさないわね。
ヘンリー　いいよお。
トニー　ロシアン・ルーレットでいこう。
サラ　なんでロシアン・ルーレット？
トニー　理屈はいらない。不条理でいこう。

トニー、ヘンリーから拳銃を取り、あっと言う間に銃口をこめかみに当ててトリガーを引く。

ヘンリー　（慌てて）おい。
サラ　（ヘンリーと同時に）あ。

弾は出ない。

トニー　次は誰だ？

ヘンリー、トニーから拳銃を取り、額に銃口を当ててトリガーを引く。弾は出ない。サラに拳銃を渡す。

サラ　顔がぐちゃぐちゃになるのは嫌だから。（銃口を腹に当てる）

トニー　中途半端で痛いぞ。心臓だよ、心臓。

サラ、心臓の辺りに銃口を当て、トリガーを引く。弾は出ない。

サラ　心臓に悪いわ。

トニーが拳銃を奪い取る。

トニー　めんどくさいな。（何度もトリガーを引く）

サラ　やめてよ！

トニー　（トリガーを引き続け）弾が入ってない。（さっきのサラを真似て）いかさないわね。

サラ　どこ行くの？

トニー　様子を見て来る。

ヘンリー　行かないほうがいい。

トニー　止めるんだな。
ヘンリー　行くなよ。
トニー　ジャックの子分の時は、言えなかったからか？
ヘンリー　行くなよ。
トニー　だいじょぶだよ。アスラムも行ったんだから。
ヘンリー　じゃあ、おれも行くよ。
サラ　その武器は置いてったら。
トニー　なんで？
サラ　巻き込まれたら困るじゃない。
トニー　巻き込まれたら困るから、持って行くんだろ。
サラ　弾なしを？
トニー　……。

トニー、拳銃をサラに渡す。
トニー、ヘンリー、出て行く。

7

ひとりになったサラ、キー・ボードを叩く。


サラ　失われた時代を、私たちは生きている。失われた時代を、死んだ人間たちが支えている。死ななかった人間、死ななかった人間は死んだ人間によって生かされている。失われた時代の私たちは、死んだ人間を抱えている。街は黄昏の色をしているけど、いつもそれがやけにきれいなので、みんな不思議に受け入れている。

ドクターに初めて会った時、ドクターは聞いて来た。

「あなたは、あなたのせいで死んだ人間を持っていますか？」

「持っていません」と私は嘘をついた。

「そういう人に物を書くことはできません」とドクターが言うので、私は反論した。

「それは、そんなことを言って自分を正当化して慰めているに過ぎません」

ドクターは言った。

「そうでも思っていなければ、やっていけない人生ってやつもあるんだよ」

私は言う。

「傲慢ですね」

ドクターは言った。

「物書きなんて傲慢に決まってる。「戦争が起きた」と一行書けば、そうなるんだ。傲慢極まりない」

「それでも私は作家になりたいんです」

「それなら一行書いてごらん。それでこの世界が君のものとして少しでも動けば、素質があるってことだ」

私は書いた。残酷な愛のドラマ。私は、私に似た主人公をいじめ尽くす。書き出しは、

「街角にまぼろしの市街戦が起こる」

8

ヘンリー、トニー、アスラムが入って来る。ヘンリーとトニーはアスラムに自動小銃を突きつけられている。

アスラム　うろちょろしやがって。

ヘンリー　うろちょろしてないよ。
アスラム　のこのこ出てきやがって。
トニー　のこのこしてないよ。
アスラム　てめーたちのせいで、戦いの展開がぐだぐだになっちまった。てめーたちってのは、とことんこういう奴らだ。
ヘンリー　混乱した街を見ようと思って。
アスラム　冷やかしか。
トニー　書こうとしたんだ。
アスラム　書けるわけがないだろがっ。おめーたちには、ぬくぬくした物語しか書けねえ。このぬくぬくした世界では、ぬくぬくした物語が求められている。（ヘンリーを指し示し）おめーは、嘘の物語ばかりを書いている。嘘の男女の愛を書き、嘘の夫婦の愛を書き、嘘の親子の愛を書き、嘘の兄弟の愛を書いた。嘘の人類の愛を書いた。人類ばかりではない、動物との愛を書いた。愛を書けば、ここじゃ商売になる。
ヘンリー　おれは必死だ！
アスラム　反論すんな。ぬくぬくしてろ。（トニーを指し示し）次はおめーだ。おめーの罪はもっとはっきりしている。人間の闇と称して人殺しばかりを書いている。ぬくぬくしてるてめーたちが人殺しを書くんじゃやねえ。おいらの世界じゃ、人殺しは命懸けだ。ぬくぬくした世界が、大義のないぬくぬくした人殺しを生み、てめーたち、甘ったれた書き手は、意味のないぬくぬくした人殺しを書いて、ぬくぬくした人殺しどもを正当化している。

トニー　変わろうとしてるんだ！

アスラム　ここにいる限り、変わることはできない。跪け。

ヘンリーとトニー、跪く。

アスラム　モニラセ・セイスハ。モニラセ・セイスハ。こいつらは、資本家が放った工作員。工作員は物語を作る。民衆は資本家の家畜。家畜の餌はおいしい物語。それを作るのが、こいつらだ。目覚めよ、民衆！　罪人に処罰を！　まずはこいつから！

アスラム、出刃包丁を取り出し、トニーの喉に当てる。

トニー　ああーっ！

ヘンリー　ひぃーー！

ヘンリーは逃げる。サラは拳銃を撃つ。なぜか弾が出る。アスラムは撃たれる。

アスラム　ひとごろしーっ！（倒れる）

ヘンリー　たすかった、たすかった。
トニー　ヘンリー、おまえ、逃げたな。
ヘンリー　（倒れたアスラムに）てめえ、またこんなストーリー書きやがって。
サラ　書いたのは、あたしよ。
ヘンリー　サラ……
サラ　だからご都合で弾も出たってわけ。
トニー　サラ、君がか。
ヘンリー　おれはこんなふうな人間ってわけか。
トニー　おれたちはこんなふうな作家ってわけか。
サラ　なに深刻な顔してんの？　ただの物語じゃない。嘘よ。虚構よ。
ヘンリー　この穴蔵じゃ、現実だ。
サラ　この現象はこの穴蔵のせいじゃなくて、あたしたちの欠落のせいじゃない？
トニー　確かに、ここに来てから現実を欠落させている。
ヘンリー　欠落しているのは、物語だよ。おれたちが物語で埋めないと、現実がないんだ。
トニー　ぬくぬくした現実しかないけどな。
ヘンリー　（サラに）おまえのことがわかったよ。
サラ　私のなにがわかったというのです？　思うんだけど……
ヘンリー　もうなにも思うなよ。書くなよ。

サラ　私が書くのは勝手です。
トニー　モニラセ・セイスハってなんだ？
ヘンリー　やめろよ！
サラ　どっちもないのかも知れない。現実も物語も。グローバルでヴァーチャルな無重力空間。だから、私たちは幾通りもの結末を用意しておかなければならない。
トニー　モニラセ・セイスハ。
ヘンリー　うるさい。（トニーを殴る）
トニー　君は自分が成功すればそれで満足なんだろ。
ヘンリー　君は成功が欲しくないのか？
トニー　欲しい。でもその前に救われたい。
ヘンリー　救われたい？
トニー　自分自身が救われたいんだ。
ヘンリー　ひとりでやってくれ。他人を巻き込むな。
トニー　他人を巻き込みたいんだ。そうじゃなきゃ書いている意味がない。でも、やられたな。サラ、やられたよ。モニラセ・セイスハだってよ。ハハハハハハハ。

ドクターが入って来る。

ドクター　アスラム。
アスラム　（起き上がり）ったく、若者との飲み会はくたびれるよ。（去る）
ドクター　さて、どうしたね？
ヘンリー　……。
トニー　……。
サラ　……。
ドクター　これからどうするつもりかね？
ヘンリー　……。
トニー　……。
サラ　……。
ドクター　だんまりの不条理。もしくは不条理のだんまりか？　……誰か応えてくれないかな？
サラ　質問。
ドクター　どうぞ。
サラ　ドクター、あなたは誰なの？
ドクター　聞きたいのか？
サラ　ええ。
ドクター　聞いてどうする？
サラ　物語にします。

ドクター　君たちには君たちの物語があるだろう？
サラ　ありません。グローバルでヴァーチャルな無重力空間にいます。
ドクター　それもまたなかなか口当たりのいい言い回しだな。もう書くのはやめたまえ。
トニー　やめられません。
ヘンリー　やめられません。
ドクター　元気じゃないか。
トニー　でも、もうトラウマを物語にできなくなりました。
ドクター　あれだけ盛大に語ったのに。もったいない。
トニー　書き尽くしました。
ヘンリー　あなたは、ぼくたちを混乱させるばかりだ。
ドクター　ほほう。私のせいだと言うのか。
サラ　もうひとつ質問。
ドクター　どうぞ。
サラ　あなたは昔、絶大な人気を持った劇作家だった。違いますか？
ドクター　自分からはそんなことは言わない。
サラ　あなたは絶大な人気を持った劇作家でした。
ドクター　過去形が泣かせるな。
サラ　なんで書かなくなったんです？

ドクター　無言。

サラ　なんで書けなくなったんです？

ドクター　ナイーヴにならなければ、そんな質問には答えられないな。

サラ　一瞬ナイーヴになってください。

ドクター　ナイーヴな言い方をすれば、私は資本主義の世界から降りた。なぜか？　ナイーヴになった私は、自分が方をすると、商品にされる絶望。成功の果てのむなしさ。ナイーヴになった私は、ナイーヴな言い本当に書きたいことを書こうと思った。書き上げたものは、私の誇りにはなったが、商品にはならなかった。私はナイーヴにもそこでやっと気がついた。商品にならないものはこの世界では意味がないのだと。人々は私のことを忘れた。やがて、私は大物の殺し屋と出会った。わかるだろうか？　物語殺しだ。大物の殺し屋の物語殺しというストーリーにつきあっているうちに、私自身が殺しの技術を習得してしまった。その先には無があった。恐ろしいまでの虚無だ。私は一個の虚無になった。大物の殺し屋が私をそのように仕立て上げた。しかし、私は虚無に耐え切れなくなって、大物の殺し屋のもとからこの書斎に逃げ込んだ。殺しとは反対の役割を引き受け始めた。つまり、物語の医者だ。

トニー　大物の殺し屋……

ヘンリー　その人は、誰なんです？

ドクター　ヘルマン・プレミンジャーだ。

三人　！

ドクター　資本主義に絶望し、コミュニズムに絶望したヘルマンは、新たな物語を探している。
ヘンリー　……。
トニー　……。
サラ　……。

書斎の壁に巨大な穴が出来る。
穴の奥から老人がゆっくり姿を表す。ヘルマン・プレミンジャー。

ヘルマン　笑うことに飽きた。泣くことにも飽きた。感動することにも飽きた。飽きることに飽きた。
おはよう、諸君。
書けたか？
ドクター　書けました。ドクター。
ヘンリー　！
トニー　！
サラ　！

ドクターは原稿の束を出し、ヘルマンに近づく。

ヘルマン　見つかったか?
ドクター　はい。
ヘルマン　何が?
ドクター　いままでにない物語です。
ヘルマン　それは何だ?
ドクター　(穴を指し)この穴です。
ヘルマン　わからんな。
ドクター　わかっているはずです。あなたはここから出て来たのだから。
ヘルマン　君がそう書いたまでだ、トーマス。穴の奥には何があるのだ?
ドクター　奥の奥の奥に、あらかじめの意味をなくした世界が広がっています。
ヘルマン　輝く闇に、深い光か。
ドクター　やっと書けました。

ドクターは原稿をヘルマンに差し出す。穴の奥からアスラムが飛び出て来る。

アスラム　まだ書けてないぞ、こいつは。

ドクターの原稿を自動小銃の銃口ではたく。

ドクターの手から飛び散る原稿。その美しさといったら……

ドクター　……ありがとう。アスラム。

アスラム　耐えられねえ、おいらは耐えられねえ！　この穴の奥だよ！　てめーら、行けるもんなら、行ってみな。（呆然としているドクターを抱き抱えるようにして連れて、去る）

ヘルマン　待ってますよ。書き上がるまでいつまでも待ってます。だが、わたくしが待っていられても、世界のほうが待てないかも知れない。いざ、ゆかん。あらかじめの意味のない世界へ。

（穴の奥に消える）

サラ　行くわ。（走る）

トニー　サラ！

サラ　無重力空間からの脱出。

サラはあっと言う間もなく、穴の奥に消える。トニー、立ち上がる。

ヘンリー　だめだよ、トニー。

トニー　なんでだ？

ヘンリー　だめだってば。この川は広すぎる。あちら側まで泳ぎ切るのは無理だ。

トニー　君の物語につきあえってんだな。

ヘンリー　溺れるよ、トニー。
トニー　おれは泳ぎ切る。
ヘンリー　どうせ行った先は退屈だよ。
トニー　行ってみないとわからないよ。
ヘンリー　いままでにない物語なんて、あるわけがないんだ。
トニー　書いてみないとわからないよ。
ヘンリー　わかってきた。……おれはわかってきたよ。
トニー　ヘンリー、離せよ。

トニー、ヘンリーをふりほどいて穴の奥に消える。

ヘンリー　（穴に向かって）サラー！　トニー！

9

ドクターの書斎。ドクターが原稿用紙に万年筆で書いている。壁の穴はあるが、騒動の気配は消えている。ヘンリーが来て、座る。
ドクター、書くのを止める。

ドクター　……。
ヘンリー　……劇は成功しました。
ドクター　……。
ヘンリー　どこにでもある物語でしたが、大成功でした。
ドクター　そいつあ、よかった。
ヘンリー　これは謝礼です。（紙袋を置く）
ドクター　満足ですか？
ヘンリー　はい？
ドクター　満足ですか？
ヘンリー　まあ、お客さんも喜んでくれましたし。
ドクター　ヘルマン・プレミンジャーは、満足しましたか？
ヘンリー　彼はどこにもいません。
ドクター　残念だな。
ヘンリー　どういう意味です？
ドクター　君はわからなくてよろしい。

ヘンリー　ほとんどわかったつもりでいますが。なめられたもんだ。
ドクター　すごい目をして。私は、また殺されるのかね？
ヘンリー　ぼくは今ここでは書いていません。とぼけないでください。わかっているんです。
ドクター　とぼけているつもりはないがね。
ヘンリー　今現在のこの会話もあなたが書いてるものなんでしょう？　ストーリーはこうだ。「結局ヘンリーは、それまで書いてきたものと変わらないドラマを書いてそこそこの成功を収める。」
ドクター　君、さっきは大成功と言いましたよ。
ヘンリー　大成功ですよ。
ドクター　幸せですか？
ヘンリー　そこそこの幸せですね。（苦笑して）これはサラの言い草だ。
ドクター　もっと喜んでいいんですよ。
ヘンリー　ぼくはまだ自分が本当に書きたいことが、わかっていない。
ドクター　成功した劇が無意味だと？
ヘンリー　そうではありませんが、望まれて書いたものです。
ドクター　君は勝ったんです。資本主義の勝者。おめでとう。君を勝者に仕立てのは私だ。
ヘンリー　今、「仕立てのは私だ」と言いましたね。
ドクター　……。

ヘンリー　尻尾を出しましたね。
ドクター　……。
ヘンリー　ずっとヘルマン・プレミンジャーにだまされてるという疑惑を抱いて、書いていました。それが違うと気がついたのは、サラとトニーが消える寸前でした。これは、最初からあなたの物語なんです。ぼくたちの書いた物語を巧妙に盛り込んで、あなたはあなたのストーリーを書き上げた。いや、今現在も書いている。
ドクター　そう。君たちの書いたものを取り込んだ。もっと褒めて欲しいな。継ぎ目がわからないだろう。
ヘンリー　ヘルマン・プレミンジャー。
ドクター　……。
ヘンリー　ぼくたちがここで見たヘルマン・プレミンジャーは、あなたが書く世界にしか存在しない人間だ。ヘルマン・プレミンジャーなどというプロデューサーは実在しない。
ドクター　君は間違っている。
ヘンリー　往生際が悪いですね。
ドクター　ヘルマン・プレミンジャーは、かつて若い私にドラマを依頼してきた。いままでにない物語を書け、とね。私はその物語に苦しみ抜いた。呆れるほどの年数をかけて、呆れるほど何度も書き直した。さて、この結末は？　私は書けただろうか？
ヘンリー　（静かに首を横に振る）

ドクター　その通り。私は何も書けなくなってしまった。自分のせいだ。私は自分のなかで資本主義に通用する物語を殺してしまった。だが、ヘルマン・プレミンジャーに劇作家生命を潰されたと思った私は、ヘルマン・プレミンジャーに殺意を抱いた。それを実行したのはアスラムだ。そう、アスラム。彼はもうひとりの私という物語だ。私は、アスラムを私と同じ若い劇作家と設定した。アスラムはヘルマン・プレミンジャーにずだずたにされて、私と同じようにヘルマンに恨みを抱いていた。

ヘンリー　ぼくたちに何をさせたかったんです？

ドクター　いままでにない物語を書くことだ。

ヘンリー　それが書けていたら、どうするつもりだったんです？

ドクター　ヘルマンに渡すさ。

ヘンリー　……狂ってる。

ドクター　私のなかでヘルマンは生きている。書き上げた新作はヘルマンに渡す。

ヘンリー　それが叶わなかったというわけだ。あなたもぼくたちも書けなかった。

ドクター　まだトニーとサラがいる。

ヘンリー　ふたりはどこに行ったんです？

ドクター　劇の通りだよ。（背後の穴を示し）この奥に消えたさ。私はやっと穴までは書けたというわけだ。

ヘンリー　この穴は何だ？

ドクター　君にはもう関係ないだろう。
ヘンリー　外界の現実への道筋というわけですか？
ドクター　違う。奥の奥の奥。あらかじめの意味のない世界。
ヘンリー　それはユートピア？　ディストピア？
ドクター　決めるのは、行った者たちだ。
ヘンリー　サラとトニーが？
ドクター　わからないが、おそらく。
ヘンリー　あなたはなぜ行かないいんです？
ドクター　私は負けたんだよ、ヘンリー。だが、資本主義に負けたんじゃない。いままでにない物語に負けたんだ。私は虚無だ。虚無としてここに残っているしかない。

ドクター、原稿用紙に書き始める。

ヘンリー　やっぱり、書くんですか？
ドクター　……。（書いている）
ヘンリー　書き続けるんですか？
ドクター　（書きつつ）穴の奥には、あらかじめの意味のない世界。輝く闇。深い光。言葉は新たに生み出される。

穴の奥から泥だらけのサラとほこりまみれのトニーが出て来る。

トニー　ここに出たか！

ヘンリー　サラ！　トニー！

サラ　ヘンリー、まだここにいたの。

トニー　戻ってきちまった。

ヘンリー　なにやってんだ？

サラ　書いてんだよ！

トニー　書くことがたくさんあり過ぎる。大忙しだよ。水を一杯くれないかな。

ヘンリー、ふたりに水を与える。

サラ　行くよ、トニー。

トニー　ああ。

ヘンリー　待ってくれ。

トニー　いいか、ヘンリー。あっちじゃ、とにかく生きなきゃならないんだ。生きることが書くことなんだ。おまえも来いよ。

サラ　戻るよ、トニー。
トニー　ヘンリー、行くよ。
ヘンリー　おれをひとりにすんなよ。
トニー　来いよ。物語の戦場だ。

ふたり、穴の奥に消える。ドクター、書くのを止める。

ヘンリー　……。

ヘンリー、穴に入る。

ドクター　勝利を捨てるんですか?
ヘンリー　あなたのドラマには、もうつきあいません。
ドクター　それでよろしい。私はこの先は書けない。
ヘンリー　(穴に入り) おーい、サラ、トニー。おーい。

ヘンリー、穴の奥に消える。
ドクターは定位置に座る。万年筆を取り、原稿用紙に書き始める。

ドクター「ヘンリー、穴の奥に消える。男は定位置に座る。万年筆を取り、原稿用紙に書き始める。背後の穴が青白く光り始める。幕。」

ドクター、万年筆を置く。
穴の奥から、ヘンリーの「おーい」と呼ぶ声がまだ聞こえている。

ドクター　終わらないぞ。なぜだ？

10

ヘンリーの声が尚も続いている。穴の光はさらに強くなり、書斎とドクターは見えなくなる。そのなかで、複数のキー・ボードを叩く音が穴の奥のほうから聞こえて来る。次にトニーとサラの声が聞こえて来る。

トニーの声　色を創る。
サラの声　音を創る。
トニーの声　名前をつける。
サラの声　名前をつけない。
トニーの声　輝く闇。
サラの声　深い光。
トニーの声　日が昇るといっても、光を表すわけではない。
サラの声　夜が明けないといっても、闇を表すわけではない。
ヘンリーの声　ここか！
トニーの声　遅いぞ、ヘンリー。
サラの声　さっさと座って。
ヘンリーの声　……ああ。

キー・ボードの叩く音。

サラの声　物語。初めて幸福を書く。幸福と書かずに幸福を書く。
トニーの声　物語。希望を初めて書いてみる。希望と書かずに希望を書き続ける。
ヘンリーの声　物語。世界の果てはもうすぐ近くだ。世界の果ては世界の今だ。だから、ぼくたちは……

幕。

愛情の内乱

●**登場人物**

カカ（65歳）

アニ（35歳）

ドス（30歳）

ジン（23歳）

ハル（34歳）

とら（年齢不詳）

時・遠い未来の近い過去。
場所・とある立派な家。

1

季節は秋。晴天の下、カカ、ハルがいる。ハルはビデオカメラを構えて、カカに向けている。

カカ　どういう顔をすればよろしいのかしら?
ハル　どういう顔?
カカ　わたくし、こういうの初めてなもので。
ハル　こういうのとは、どういう?
カカ　テレビに出るっていうのは初めてだから。
ハル　ドキュメンタリーですから、自然な顔で。
カカ　自然な顔ってどういうのかしら?
ハル　普通の顔です。

カカ　こういうのかしら？
ハル　それが普通の顔？
カカ　ええ。
ハル　まさか。
カカ　まさか？
ハル　無理に作らないほうがいいです。
カカ　そうなの。
ハル　ではいきますよ。どうぞ。
カカ　……。
ハル　どうしました？
カカ　どういうふうにしゃべればよろしいのかしら？
ハル　自然に、です。
カカ　自然にねえ。
ハル　普通にどうぞ。
カカ　……。
ハル　どうしました？
カカ　もう始まってたの？
ハル　はい。

カカ　あらまあ。うんともすんとも言わないのね。
ハル　では合図を入れます。いきますよ。3、2、1……（手で合図を入れる）
カカ　……。
ハル　どうしました？
カカ　なによこの手は？（とハルの手の合図を真似て）「お手」って言われたかと思ったわよ。
ハル　お手。（手を差し出す）
カカ　（ハルの手に自分の手を乗せて）なにやらせるのよ。
ハル　ではヨーイ、スタートでいきます。いきますよ。ヨーイ、スタート。
カカ　……。
ハル　どうしました？
カカ　うんともすんとも言わないじゃない。
ハル　合図は入れましたよ。
カカ　カタカタカタとか音しないじゃないの。
ハル　あのこれフィルムじゃないんで。
カカ　音鳴らないの？
ハル　鳴らなくても回ってるんです。
カカ　世の中便利になったもんねえ。
ハル　はい。ではいきますよ。ヨーイ……

カカ　ちょっと待って。

ハル　はい？

カカ　なにしゃべればいいんでしたっけ？

ハル　ですから、なぜ退去勧告を拒否されてるかということです。

カカ　なぜ拒否したかですって？　当たり前じゃないですか。ここはわたくしたちの家なんです。ここいら一帯は昔っからわたくしたちの土地なんです。国の都合で一方的に出ていけなんて勝手ですよ。わたくしたちはここで生きてきたんです。女手ひとつで息子三人を育ててきたんです。出て行けって言われて、はいそうですかって出ていくもんですか。人というのはね、思い出で生きているんです。出て行けってことは、思い出を捨てろということですよ。わたくしたちに死ねってことと同じですよ。

ハル　そういうことをしゃべっていただければいいんです。

カカ　二回も同じこと言えやしませんよ。

ハル　お元気ですね。

カカ　不機嫌です。

ハル　お幸せそうに見えますが。

カカ　苦労のしっぱなしですよ。でもこの苦労もいずれ報われるでしょうよ。

ハル　自信がおありで。

カカ　わかるんですよ。ここまで生きてきたんだから。

ハル　息子さんたちはこの事態をどう思ってるんでしょう?
カカ　わたくしと同じ考えでいるに決まっています。
ハル　三人ともですか?
カカ　もちろんですよ。わたくしのおなかから産まれた息子たちですもの。わたくしと息子たちはいつだって一心同体です。これまで一緒に生きてきたんですから。
ハル　……。

ゆっくりと夕暮れになっていく。カカに夕焼けが当たり、油彩画に描かれた肖像画のように見える。
それはどこか神々しくもあり……　ゆっくりと夜になる。

2

襖に影が伸びる。ドスが襖を開けて現れる。

ドス　こうやって深夜、家が寝静まったのを見計らって、ぼくはこっそり庭に出る。人がいない界隈は夜になるといっそう静けさが増して死人の唇になる。荒れ果てた畑の向こうの森が黒々と語りかけている。

鶏小屋の前を通って物置に入る。地べたに小さな文机を置いて蝋燭を灯す。豚、牛、鶏の餌に囲まれて原稿用紙に向かい、一本99円のサインペンで書き始める。キーボードだと音がするから、この時代に手書きだ。ぼくは自分が書いていることを家族の誰にも知られたくはない。書いている題材がいつも家族の誰かだからだ。家族は誰ひとりだって自分のことを書かれたくはないだろう。ぼくの処女小説は主人公である「ぼく」が家族の写真を燃やすところから始まっている。その火が燃え広がって家が全焼する。こんなふうだから、家族のなかに作家を持った家は不幸せだ。だが、幸せな家が作家を生み出したりはしない。

一番鶏が鳴く前に少しのあいだ仮眠をとる。昼と夜の境の狼の時刻、決まって夢のなかであの男が現れる。きっと今日も出て来るだろう。あの男の叫び声でぼくは目覚める。

とら、やって来る。

とら　坊ちゃま。

ドス　(ギクリとする)

とら　ドス坊ちゃま。

ドス　ここに来るんじゃないよ。

とら　ひとりで写真から抜け出してはいけませんよ。

ドス　あ？

とら　知ってるんですよ、たまに坊ちゃまが夜中こっそり写真から抜け出てること。いけませんよ。

ドス　出て行けよ。

とら　とらの目は節穴じゃありません。とらはなんでも知っている。

ドス　へえ、なんでも知ってるのか？

とら　ええ、そうですとも。この家で起こることはなんでもわかってしまう。がおー。

ドス　やめてくれよ。

とら　あらまあ。以前は喜んでいただけたのに。がおー。

ドス　もう子供じゃないんだから。

とら　子供ですよ。とらから見ればいつだって子供。がおー。

ドス　おまえ、一杯やってるな。

とら　一杯じゃないですよ、三杯いただきました。がおー。

ドス　だから、やめろって。

とら　そうそう。ドス坊ちゃま、朝になったら、かまぼこ切るの忘れないでくださいね。かまぼこはアニ様の大好物だから。

ドス　かまぼこ切るの？　おれ？

とら　何おっしゃってんだか。かまぼこはとらが切りますよ。ドス坊ちゃまが切るのは小鰭《こはだ》。小鰭はアニ様の大好物だから。お願いしますよ。（去る）

ドス　……。

いつの間にか暗がりのなかでアニが立っている。大きなリュックサックを背負っている。

ドス　（驚いて）にいさん。
アニ　……。
ドス　おかえり。帰って来たんだ。
アニ　ああ。
ドス　もう帰らないんじゃないかと思ってたよ。
アニ　帰って来てしまった。
ドス　到着は昼過ぎって聞いてたけど……
アニ　嘘をついた。
ドス　だめだよ。まだ準備してないし。
アニ　準備？
ドス　にいさんの帰還祝いだよ。
アニ　やっぱりそういうのやるのか？
ドス　当たり前だろ。
アニ　それが嫌で嘘をついた。

ドス　そんなこと言ったってだめだよ。かあさん大張り切りなんだから。
アニ　困るな。
ドス　仕方ないよ。
アニ　おれはどこにも行っていなかったように振るまいたい。
ドス　だめだって。昼過ぎまでどこかに隠れてろよ。
アニ　面倒だな。
ドス　かあさんのことも考えてやれよ。
アニ　おれはこうして帰って来た。これで十分だろ。
ドス　それでなにげなくにいさんが茶の間に座ってたら不自然だろ。自慢の息子が英雄になって帰ってきたんだ。目一杯かあさんを感動させてやれよ。
アニ　自信ないね。
ドス　目を見て話さないんだな。
アニ　あ？
ドス　戦争に行って来たんだもんな。
アニ　戦争に行って来た。
ドス　生きて帰って来たんだ。
アニ　あいにくな。
ドス　ひとりでさっさと死んだら狡いよ。

アニ　狭いか？
ドス　狭いよ。
アニ　こっちは変わりないか？
ドス　退去勧告のことは？
アニ　聞いた。かあさんは離れる気はないんだな？
ドス　ああ。
アニ　だろうな。
ドス　ここで昼過ぎまで寝てろよ。
アニ　命令かよ。
ドス　ああ。にいさんもジンもいないここでかあさんの相手をしていたのはおれだからね。
アニ　……おまえの命令を聞くよ。
ドス　軍の制服とかないの？
アニ　（背中のリュックサックを指し）このなかにある。
ドス　じゃあそれを着てビシッと決めてくれよ。英雄らしくね。
アニ　……。
ドス　（去りかけるアニの背中に）戦場でなにがあったのか、いずれじっくり聞かせてくれよ。
アニ　嫌だね。
ドス　時間が経って話す気になったら。

アニ　時間が経ったってその気にはならないだろうから、すぐにでも語ってやるよ。
ドス　どっちなんだよ……ん？　誰だ！

暗がりからビデオカメラを持ったハルが出て来る。

ハル　私です。
ドス　撮ってたのか？
ハル　はい。
ドス　隠し撮りはやめろ。
ハル　たまたま居合わせたんですよ。
ドス　今のは使うな。
ハル　たぶん使いません。
ドス　絶対使うな。
ハル　なんでですか？
ドス　英雄はビシッっとしてなきゃならないからだ。
ハル　なんでですか？
ドス　英雄の実家とくりゃこの家の世間受けもよくなる。
ハル　さすが、計算高い。

ドス　誰が自分たちの不利になるドキュメンタリー撮らせるかよ。
アニ　ドキュメンタリー？
ハル　初めまして、お兄様。国営放送のハルといいます。今回、退去勧告を唯一拒否されてるご実家を取材させていただいています。お兄さん、帰ってきたところで一言。（アニにビデオカメラを向ける）
ドス　やめろよ。
アニ　おれはかまわない。
ドス　ビシッと頼むよ。
アニ　カメラには慣れてる。
ハル　話題の人ですからね。
アニ　なにを言えばいいんだ？
ハル　国の英雄が国の方針に反対する行動に出ている、そのことのお考えを聞きたい。
アニ　（ビシッとして）別に反対はしていません。
ハル　この家に帰って来るってことは反対の意思表示じゃないですか？
アニ　自分の家だから帰って来たんです。私には国という考えはありません。
ハル　そんなこと言っていいんでしょうか？
アニ　戦場に行くことは国を守るためではありません。自分たちの生命を守るためです。
ハル　同じことでしょう？
アニ　国は目に見えませんが、自分たちは見えます。

ハル　国のことを考えて入隊したんじゃないんですか？
アニ　テロリストが許せないからです。
ハル　他に理由はないんですか？
アニ　他に理由？
ハル　他の理由です。
アニ　理不尽なテロが許せないだけです。
ハル　地上戦では何人ぐらい殺戮しましたか？
アニ　……。
ハル　まさしく体を張った地上戦だったと報道されていますが、何人ぐらい……
ドス　もうやめろよ。
ハル　私たちには聞く権利がある。
ドス　おれたちには話さない権利がある。（カメラに向かって）兄はいま疲れています。悪趣味な質問には答えかねます。
ハル　なるほど。わかりました。（カメラをオフにする）悪趣味ねえ。
ドス　あんまりそこいら勝手に撮るなよ。
ハル　お母様には許可をいただいています。
ドス　無断で撮るな。
ハル　お母様はいいと言ってるんです。

アニ　撮影はもういいな。
ハル　けっこうです。ありがとうございました。
アニ　おれはひとまず消えてる。(去る)
ハル　(ドスに) あなただけが非協力的だ。
ドス　おれは他人を信じない人間なんだ。
ハル　お母様が嘆いてらっしゃいますね。あの子は人間嫌いの引きこもりで悩みの種だって。
ドス　よく言うよ。たいして関心もないくせに。
ハル　いいですね。今のもらえますか？ (ビデオカメラをドスに向ける)
ドス　やめろよ。
ハル　いいんですか、お母様に言われっぱなしで。言いたいことは吐き出しといたほうがいいですよ。
ドス　(カメラのレンズを手で塞いで) にいさんは最初の子だから大事にされた。ジンは歳の離れた末っ子で大事にされた。真ん中のおれはそこそこだ。いつもそこそこだ。そこそこの興味しか持たれなかったから人を十分観察できた。観察する癖がついた。誰も教えてくれようとしなかったから自分でいろいろ考える癖がついた。そこそこでよかったよ。
ハル　すばらしい。ご協力感謝します。

3

三脚で設置されたビデオカメラの前にカカがいる。カカだけがいる。

カカ　息を抜く時など一瞬もなかった半世紀でございました。主人がいなくなったのが二十年前。それから女手ひとつで家を切り盛りして、三人の息子を育ててまいりました。あっと言う間でございますよ。わたくし、結婚前は旅芸人の一座におりましてね。主役ではございませんのよ。お姫様役は座長の娘さんがやって、わたくしはもっぱら腰元とかお女中の役柄。舞台に立っていてこんなことというのも変ですけど、目立たないようにしていたんです。それには深いわけがございまして、わたくし、実は家出をして一座の旅に入ったのでございます。実家はこの土地で造り酒屋を営んでおりまして、けっこう裕福な家でございました。男兄弟三人と姉妹三人の次女でございましたが、なんだか家が窮屈でつまんなくて、旅芸人の旅する生活にあこがれを抱いたんですの。旅情の人生を夢見たんでございますね。ところが実際に足を踏み込んでみると夢見ていた生活とは大違い、忙しい日々の連続で旅情を味わう余裕なんてどこにもございませんでした。おおっぴらに口にはできない目にも遭い、枕を涙に濡らす夜もございました。五年ほど舞台を勤めた頃、飛び込んで来たのが実家が火事で全焼したという知らせでした。その火事で親兄弟を亡くしてしまって、生き残ったのは一番下の弟だけ。わたくしは途方にくれました。大家族で育ったわたくしが一気に弟とふたりきりになってしまったのでございます。帰る家のなくなったわたくしは、ぼんやりとしながら舞台に立ち続けました。もうそうするしか道はなかったのです。そんなわたくしを主人が見初めたのです。巡業先の猟師町の興行で相変わらず腰元を演じていたわたくしを、どういうわけか主人はたいそう気に入って毎日小屋にやってきては、わたくしを食事に誘うんでございますのよ。それまで男の人に惚れられたことのなかったわたくしは、もう天にも昇る気持ちで、なんの考えもなしに結婚の申し込みにうなずいたのです。後でわかったことなんですが、主人はその頃、猟師町での不動産転がしがうまくいかずに借金まみれで、どうやらわたくしの実家であるこの土地に目をつけたというのが本心だったようですの。主人とわたくしはここにこの家を建てて新しい生活が始まりました。でも、結婚する前には、けほけほ咳をしようものなら、「だいじょぶかい」と薬屋に走って行くほどにやさしかったのが、釣った魚は魚屋に売れ、でしたっけ？　わたくしのことなどほったらかし、酒に女道楽で、もう苦労の耐えない日々でございました。それに……これはあんまり話したくはないことなんですけど、たったひとりの肉親だった弟が行方不明になってしまったのです。新しい家を建ててからずっと同居していた弟が急に消えてしまって、未だに消息がわからないのです。気持ちのやさしい子でねえ。どんな小さな生き物でも大事に思って、わたくしが蚊を叩こうとしても、「ねえちゃん、やめろ」って止める子でした。わたくしの作る肉団子が大好きで、放っておくと十個も二十個も食べてしまう……わたくしの涙と血が染み込んだのがこの家でございます。立ち退けと言われて、はいそうですかと出て行く謂れがどこにございましょうか。みなさん、国の言うことにお利口に従い過ぎですよ。（空でカラスの鳴き声。不意に見上げて）うるさいよ、カラス！（落ち着いて）そういうわけでございます。で、なんでしたっけ？

ハルが出て来る。

ハル　けっこうでございます。
カカ　なにがけっこうなのよ？
ハル　カメラに慣れてきましたね。
カカ　あんたの顔が見えないと落ち着いてしゃべれるのよ。
ハル　で、ご主人はどうされたんでしたっけ？
カカ　主人？
ハル　ええ。
カカ　いなくなったのよ。ぷいっといなくなったのよ。
ハル　ご主人も？
カカ　ええ。
ハル　どこに行かれた？
カカ　知らないわよ。
ハル　生きてるんですかね？

カカ　知らないわよ。ハルピン・パブの女に入れあげてたからね、その女とマニラにでもいるかも知れないわね。
ハル　ハルピン・パブ？
カカ　ここいらには三軒あったからね。
ハル　フィリピン・パブじゃありませんか？
カカ　どっちでもいい。
ハル　いよいよご長男が帰られますが……
カカ　今何時？
ハル　もうすぐ正午です。
カカ　もうそんな時間？　こんなことしてる場合じゃないわ。とら、とら！

とら、出て来る。

とら　どうしました、おくさん、そんな大声をあげて。
カカ　とら、アニの食事の支度はできてる？
とら　ばっちりでございますよ、おくさん。ご覧になってちょうだい。

いつしかテーブルの上には食事の支度がしてある。

カカ　まあ、お正月がきたみたい！
とら　そうでございましょう。かまぼこも小鰭の粟漬けもとらが切ったんでございますよ。
カカ　えらいねえ、とらは。
とら　とらはえらいです。
カカ　ドスはどこなの？
とら　豚小屋かも知れません。
カカ　こんな大事な時になにしてんだか。呼んでちょうだい。

ガラリとドスが現れる。

ドス　ここにいるよ。
カカ　おまえ、にいさんが帰ってくるんだよ。
ドス　わかってるよ。
カカ　やっとわが家にお正月が来たんだよ。
ドス　小鰭を切ったのはおれだよ。
とら　かまぼこを切ったのはあたしだよ。
ドス　小鰭を切ったのは、おれだって。

とら　聞いてたのね。
ドス　嘘つきとら。
カカ　そんなこと言うもんでないよ、坊ちゃま。
とら　何か余興かなんかはないのかい？
ドス　なんだよ、それ？
カカ　アニを歓迎するなんかはないの？
ドス　そんなもんないよ。
カカ　考えなさいよ。
ドス　にいさんはそういうの嫌いだよ。
カカ　そんなことないよ。おまえと違って騒がしいのは好きな子だよ。
ドス　騒ぎが好きなら自分で騒がしとけば。
カカ　どういうことだよ？
ドス　歌わせれば。にいさん、歌が好きだったろ。
カカ　そうだ、それがいいね。なんだか盛り上がってきたねえ。
とら　盛り上がってまいりましたねえ。
ハル　盛り上がってまいりました。
とら　おまえはかえんな。
ハル　え？

とら　このうちのもんじゃないんだから、かえんな。
カカ　いいのよ、とら。いてもらいましょう。人数が多いほうが盛り上がるでしょうから。
ドス　撮るなよ。
ハル　いけませんか、奥さん。
カカ　普通こういうの記念に撮っておくものじゃないの。しっかり撮って後でちょうだいね。
ハル　わかっています。
ドス　にいさんを迎えにいってくる。
とら　とらが行きますよ。
カカ　とらに行かせてあんたは座ってなさいよ。
ドス　これはおれの役割だよ。（出て行く）
カカ　やっぱりあの子も人の子だよ。アニが帰って来るってんでうれしいんだねえ。
とら　ええ。ドス坊ちゃま、じっとしていられないんですよ。
カカ　これでジンが帰ってきてくれたら。
とら　おくさん、それは言わない約束でしょ。
ハル　ジンというのは三男の方のことですか？
とら　おまえは黙ってるんだよ。
カカ　時折思うんだよ。息子三人。育て方を間違ってやしなかっただろうかって。
とら　アニ様はお国の英雄ですよ。

カカ　でもドスはあんなだし。
とら　ドス坊ちゃまは豚や牛や鶏の世話をよくみてらっしゃいます。
カカ　ジンは今頃どこでなにやってるんだろうねえ。
とら　きっと元気でいらっしゃいますよ。頭のいいお子さんですから、強盗をしなくても詐欺で立派に生き延びてらっしゃいますよ。
カカ　なに言ってんの、おまえ。
とら　あの旦那さんの息子ですからねえ。
ハル　興味あるなあ。それを聞かせてもらえませんかね。
とら　おまえは黙ってるんだよ。

ドスが戻って来る。

ドス　にいさん、戻ったよ。

ガラリとアニが現れる。ビシッとした軍服姿。

カカ　アニ！
アニ　兵役番号1052番、ただ今帰還いたしましたっ。(敬礼する)

とら　はっ。（つられて敬礼する）

カカ　（アニに歩み寄り）幽霊じゃないね、おまえ。（触り）幽霊じゃないね、おまえ。

アニ　（軍隊の口調のまま）兵役番号１０５２番、五体健全であります。

カカ　お国を守ってきたんだね。土地を守ってきたんだね。えらいよ、おまえ。かあさん、おまえのことが誇らしいよ。さあさあ、こっちにお座り。今日はおまえの好きな物ばかりだよ。おまえのためのお正月だよ。

一同、机を囲む。ハルは去らないものの、なにげなく隅で観察している。

ドス　にいさん、まずは一杯。（コップにビールを注ぐ）

アニ　（一気に飲んで）うまい。（注がれるのを制して）酒をください。

ドス　よしきた。燗つけるかい？

アニ　冷やでけっこう。

ドス　（一升瓶を注ぐ）

カカ　今日はもうたんと飲んで、たらふく食べるんだよ。

とら　いかがでしたか、戦争は？

アニ　……。

とら　戦場ってどんなふうなんですの？

カカ　とら、おやめなさい。

とら　行ったことないから聞いてんだよ。やっぱこんなふうにして（と自動小銃を構える仕草をして）だっだっだっだっだっって人殺すのかね？

カカ　とら！

アニ　（不意に大音声で歌い出す）もういーくつねるとーおしょうがつー（そのまま一番を歌い切る）

一同、少々戸惑いつつ拍手する。

とら　お上手、お上手。

カカ　いい声だよ、おまえ。

ドス　にいさんが歌うのひさしぶりに聞いたな。

カカ　さあさあ、料理に箸をつけるんだよ。

とら　かまぼこも小鰭の粟漬けもあたしが切ったんだよ。

カカ　あっちじゃ食べたいものも食べられなかったろう。

アニ　いいえ。食べ物はけっこう自由でした。

カカ　おやそうかい。

アニ　戦争の功労者には毎晩御馳走が支給されます。

とら　へえー。そんならあたしも志願するかな。

アニ　おいしいラーメンが食べたいであります。

カカ　ラーメン……

ドス　おいしいラーメンか。

アニ　牛丼のつゆだく大盛りが食べたいであります。

カカ　牛丼……

アニ　ビッグマックにフレンチフライが食べたいであります。

カカ　おまえ、何を言ってるの？

アニ　（再び「お正月」を歌い出す。立ち上がり一番を歌い切る）

カカ　「早く来い来い」っておまえ、お正月はもう来てるんだよ。

ドス　疲れてんだよ。横になって休んだほうがいい。（アニに触れる）

アニ　（ドスの手を振り払い、また「お正月」を歌い出す）

カカ　（歌の途中で）いいかげんにおし。（アニの頬を叩く）どういうつもりなんだい。

アニ　……（顔を上げ）やりやがったな、ババア。

カカ　ババア……

カカ、きっとアニを睨み、引っ込む。

ドス　どういうつもりなんだよ？

アニ　正月のつもりなのだ。
ドス　酔っ払ったな。
アニ　酔っちゃない。
ドス　おとなしくしてろよ。
アニ　なんだと、エラソーに。
ドス　あんたのいないあいだこの家をみていたのはおれだぞ。
アニ　おれは国の面倒をみた英雄だぞ。
ドス　酔ってるな。
アニ　酔ってない。
ドス　酔ってるよ、さっさと寝ろ。
アニ　なんだと！

ふたり、取っ組み合う。

ハル　これか、家族が集まった時の正月にありがちな修羅場ってのは。

カカ、蒲団叩きを持って戻り、アニに襲いかかる。

カカ　（蒲団叩きでアニを叩きながら）母親にむかってババアとはなんだババアとは。この家でババアなんて口にするの、かあさん、許しませんよ。
ハル　自分で三回言ってるよ。
アニ　酒だ、酒だ、酒を飲ませろぉ！

ドス、一升瓶をアニのコップに注ぐ。

ドス　ほら、飲め、英雄。
アニ　（一気に飲み）まずいっ。もう一杯。

ドス、注ぐ。アニ、一気に飲む。

アニ　ぷはーっ。（どっと机に突っ伏す）
カカ　変だよ、この子。変になってるよ、この子。戦争が悪いんだ、戦争が……

その時、明るい笑顔の青年が顔を出す。

ジン　ただいまー。

カカ　へっ!?
とら　へっ。
ジン　あれー、みーんないるじゃん。
カカ　ジン！
とら　ジン坊ちゃま！
ジン　みんな、ただいまー。
カカ　（ジンに走りより、触り）幽霊じゃないね、おまえ。幽霊じゃないね、おまえ。
ジン　ハハハ、やめてくれよ。くすぐったいよ、かあさん。やめろって。ダハハハハハハ。

カラスの鳴く声が聞こえる。

4

とらがしくしく泣いている。ハルがやって来る。

ハル　いやあ、しっかし、親子ゲンカってのを初めて目の当たりにしたよ。話にはよく聞いてたけどね。

とら　いやあ、噂に違わずたいしたもんだよ。
ハル　（しくしく泣いたままだ）
とら　まあオネーサン、あんたが泣くこたあないよ。
ハル　オネーサンだなんて。
とら　涙を拭きなよ。（ハンカチを渡す）
ハル　あたしはおくさんとアニ様に仲良くしてもらいたいですよ。
とら　ここは長いのかい、オネーサン。
ハル　もうかれこれ百年になりますよ。
とら　百年？
ハル　百三年かも知れない。
とら　ふーん。じゃあさぞかし色んなこと知ってんだろうねえ。
ハル　生き字引と呼ばれています。
とら　泣いてばかりいないで、一杯やらないかい？
ハル　いける口だけど、飲みません。
とら　なんでだよ？
ハル　荒れるからです。
とら　いいじゃねえかよ。酒は荒れるためにあるんだ。いいシングル・モルトがあるんだけどね。（懐からスキットルを取り出す）

とら　シングル・モルト！　どこのモルトだね？
ハル　アイラ島だよ。
とら　いいねえ！
ハル　へー。オネーサンやけに詳しいな。
とら　モルトのおとらと呼ばれていたさ。
ハル　じゃあ一杯つきあいなよ。
とら　だめだよ。
ハル　一杯ぐらい、いいだろ。
とら　いけませんよ。（と言いつつハルに近づく）いけませんったら。（と言いつつスキットルから直に飲む）
ハル　どうだい？
とら　……（ニタリとして）がおー。
ハル　もっといけよ。
とら　（飲んでニタリとして）がおー。
ハル　いい飲みっぷりだ。
とら　（飲んで）ガソリンが入りましたよぉ。
ハル　オネーサン、あんたはなんだか他人の気がしないねえ。
とら　おやそうかい。でも、とらとらとらって三回呼んではいけないよ。せいぜい二回にしておくんだね。
ハル　なんでだね？

とら　真珠湾攻撃をしなくちゃならないからだよ。

ハル　ははははははは、つまんねえなあ。

とら　つまんねえだろ。ははははははは。

ハル　……。

とら　なんだい、じっと見つめて。口説こうってのか？

ハル　なんだかあんたがおっかさんみたいに思えてきた。おっかさんって呼んでいいかね？

とら　ええーっ!?　子供産んだことないのに。

ハル　おっかさん。

とら　ひーっ、なんてこった。

ハル　おっかさん、もう一杯どうかね？

とら　（飲んでニタリとして）がおー。

ハル　がおー。

とら　がおー。

ハル　この家のこといろいろ聞かせてくれないかね。

とら　もう一度おっかさんと呼んどくれよ。

ハル　何度でも言うさ。おっかさん。

とら　がおー。

5

ぼんやりとドスがいる。

ドス　（つぶやく）長い夜が始まる。

ジンがそっと現れる。

ドス　……違うな。長い夜が始まっている。ずっと前から始まっている。
ジン　でもにいさんは夜が好きだろ。
ドス　ああ。太陽は信じないけど、月の光は信じられる。
ジン　昔からそんなふうだったよ。
ドス　かあさんはどした？
ジン　寝たよ。
ドス　おまえが帰って来たおかげで、騒ぎが最小限に止まったよ。アニが今日帰るって知ってたのか？
ジン　いいや。偶然だよ。

ドス　かあさんと話をしたのか？
ジン　ああ。
ドス　何を話した？
ジン　かあさんが一方的にしゃべったよ。ぼくがいなかった五年間のことをね。
ドス　そうか。五年になるか。あっという間だな……。
ジン　何をしていたんだって聞かないんだな。
ドス　概ね知ってるつもりだからな。教団の集団自殺のニュースを聞いた時、おまえは死んだと思ったよ。もちろんかあさんには言わなかったけど。
ジン　教団にいたこと知ってたんだ。
ドス　知り合いの記者がメールで知らせてきた。
ジン　救われたくて入ったけどすぐに絶望してね。全部がインチキだと思って逃げ出したんだ。
ドス　よく逃げ出せたな。
ジン　だからここにも帰れなかったんだ。
ドス　そうか。そういやあの時分、変な連中が家のまわりをうろついてたな。
ジン　白い顔をした？
ドス　確かに妙に白かったな。
ジン　教団の人間だよ。結局逃げ切れなかったんだ。捕まって連れ戻された。よく殺されなかったよ。
ドス　かあさんにそのことを話したのか？

ジン　まさか。……長い夜が始まっている、か。
ドス　明けない夜はないというが、おれはずっと明けないままでいてほしいね。
ジン　わからないな。
ドス　すべてが白日のもとに晒されたって、それが真実かどうかわかりゃしない。真実は夜の暗がりのほうにあるかも知れない。
ジン　相変わらずだな。
ドス　批評すんなよ。
ジン　外の牛とか豚とかは誰が世話してるの？
ドス　おれだよ。
ジン　にいさんが!?
ドス　見よう見まねで始めた畜産だよ。ま、盆栽規模だけどな。
ジン　盆栽も簡単じゃないだろ。
ドス　確かにそうだ。
ジン　相変わらずじゃないんだな。にいさんが動物を相手にするなんて、何があったんだよ？
ドス　別に。おれは相変わらずだよ。
ジン　小説とかまだ書いてんの？
ドス　……やめた。
ジン　嘘をついたな。

ドス　……。

ジン　にいさんの小説、読んだよ。エドワード・ズロースチって小説家はにいさんだろ？

ドス　たいして売れてもないのに、よく手に取ったな。

ジン　今の仲間が薦めてくれたんだ。読んですぐににいさんだってわかったよ。ぼくのまわりではエドワード・ズロースチの小説は大人気でね。みんなで回し読みしてるよ。

ドス　おまえ、教団はもうないだろ？

ジン　だから今の仲間さ。あれから新しい集まりを立ち上げたんだ。集団自殺した教団とは関係ない。教団とは呼ばないことにしてる。ぼくはここにみんなが集まれる場所を作りたいと思ってんだ。

ドス　ここに？

ジン　退去勧告されたこの土地に。立ち退きを拒否するかあさんの態度がぼくの背中を押したみたいだ。

ドス　そのために戻って来たのか？

ジン　仲間もみんな共鳴してくれてる。

ドス　おまえはほんっとかあさんに一番愛される息子だよ。

ジン　それは違うよ。かあさんが信頼してるのは、アニにいさんだよ。

ドス　信頼してるのはアニだが、可愛いのはおまえだ。そのおまえがそもそも家を出る理由などなかったはずなんだ。

ジン　そういうことを言うのか。

ドス　……。

ジン　そういうことを言うのか。にいさん。怖かったんだよ。この家が……かあさんが……。みんなが集まれる広場を作ろうと思うんだ。貧乏で疲れ切った人たちや行き場のなくなった動物たちで広場をいっぱいにしようと思うんだ。
ドス　動物たち?
ジン　ああ。置き去りにされた動物たちがこの土地にはたくさんいるっていうじゃないか。このまま見捨てたままでいいと思うかい? ぼくたち人間は動物たちと植物、全部の自然と共生して初めて生き延びられる。それを具現化させようと思うんだ。にいさんも手伝ってくれないか?
ドス　自然に還れ、か。
ジン　有り体の一言で要約しないでくれよ。
ドス　退行だな。
ジン　退行?
ドス　進歩への退行だよ。
ジン　世の中もう進歩しなくたっていいじゃないか。
ドス　だから退行だよ。
ジン　一見すれば退行かも知れないけど、ぐるっと回って、それが進歩だよ。
ドス　邪教にありがちの発想だな。
ジン　閉鎖された邪教にはしない。すべてに開かれた場所にする。
ドス　おまえがいくらそう思ってたって、いいか、この世の中ってやつはな、もう後戻りできないほどの

ジン　悪意と意地悪と誹謗中傷と憎悪で作り上げられているんだよ。
ドス　ここに引きこもりっぱなしのにいさんに世の中がわかってるのかね。
ジン　情報はいくらだって手に入る。
ドス　ネットだ通信だなんだからだろ。みんながみんな、そうやって実体のない情報に振り回されて、恐ろしく意地悪になっていってるだけなんだ。
ジン　人間ってのはそもそも意地悪なもんさ。他人の成功、幸福を喜べないのが人間ってやつさ。
ドス　引きこもって暗い小説ばかり書いてるから、そういう考えしか持てないんだ。
ジン　その暗い小説が君たちのあいだでは共感を呼んでるんだろ？
ドス　そういうのを揚げ足取りっていうんだ。
ジン　（笑う）
ドス　何がおかしいんだ？
ジン　ジン、おまえなかなかだよ。なかなか降参しないじゃないか。きたえられたな。
ドス　根拠のない上から目線はやめろよ。
ジン　根拠はあるね。
ドス　なんだよ？
ジン　おまえの兄だってことさ。同じ血が流れてるのは間違いないんだ。血は否定できない。
ドス　……。
ジン　見てみろよ。

ジン　あ？
ドス　窓の外。真ん丸のお月さんも真っ赤だ。
ジン　……広場作り、にいさんも参加してくれないか。
ドス　考えとくよ。
ジン　ああ。
ドス　そのことかあさんにはまだ言わないほうがいい。
ジン　なんで？
ドス　かあさんのものになっちまうからだ。

酔っ払ったとらが「がおー、がおー」と横切る。

ジン　とらは何歳になったの？
ドス　百歳か二百歳かな。

ガラリとアニが現れる。

アニ　兵役番号１０５２番、ただいま目覚めました。
ドス　酔いは覚めたのか？

アニ　兵役番号1052番、酔いも覚めましたであります。
ドス　いいかげん芝居はやめろよ。
アニ　……。
ドス　安心しろよ。かあさんはもう寝たよ。
アニ　（一気に脱力させて座る）
ドス　演技過剰だよ。
アニ　酒をよこせよ。
ドス　やめとけよ。
ジン　にいさん、わかるかい、ジンだよ。
アニ　わかってるよ。相変わらずバカか？
ジン　……相変わらずバカだよ。
ドス　こいつは本当に相変わらずバカだよ。
ジン　にいさんたちも相変わらずだよ。
アニ　おれは、戦争でくるくるぱーになった。
ドス　話してみろよ。話せば楽になる。
アニ　嫌だね。
ドス　兄弟だろ。話してみろよ。
アニ　兄弟だろ、か。どうもがいてもそこからは自由になれないってわけだ。長男なんだから長男なんだからって言われ続けたな。長男なんだからリーダーシップを取れって。リーダーシップ、リーダーシップ。

ジン　ぼくは末っ子だから末っ子だからって言われ続けてたよ。甘ったれ甘ったれ。

ドス　おれは何も言われなかった。

アニ　ドス、おまえが産まれる前までは、おれはひとりっ子だったんだ。

ドス　そりゃそうだろうよ。

アニ　その頃はよく性格が悪いって言われたな。あの男にもかあさんにも言われた。おれは子供の時分から寝つきの悪い人間でな。で、寝てるかどうかよくかあさんが顔をのぞくんで必死になって寝てるふりをするんだな。それがばれると、かあさんはすごい剣幕で「また狸寝入りだ、この子は」とか怒るんだよ。そんなことを戦場のベッドで思い出していた。なんであんなに怒るのか、おれはこの歳になってやっとわかったよ。かあさんはあの男とやる夜に決まっておれが寝てるかどうか確かめてたんだな。一発やるから早く寝ろバカってわけだ。ひでえ話だ。

ドス　相当な陸上戦だったらしいね。

アニ　あの男とかあさんか？

ドス　違うよ。戦場のことだよ。

アニ　そっちか。ああ。テロリストどもを殲滅してやったよ。楽なもんだったよ。戦闘は午後開始だから朝はゆっくり起きて朝食を採ってコーヒーを飲んでタバコをやる。戦闘開始は一時からの時もあるし遅い時もある。タンク室の椅子に座ってスタートだ。手元にはいろいろなレバーやボタンがあって目の前には大きなスクリーンだ。足元のアクセルを踏むとスクリーンのなかの光景が前に進んでいく。砂漠を抜けてテロリストの隠れ家に向かい、攻撃を開始する。スクリーンに立ちはだかるテロリストたちをばたばた殺していく。おれは現実には戦場にはいない。無人のタンクを戦場から遠い司令塔で動かしてるってわけさ。たいてい午後五時に戦闘は終わる。夕食が出てそこからは自由時間だ。酒を飲んだり競馬の予想をしたり映画鑑賞をしたりだ。夜はすぐには寝つけない。眠れない夜、暗いコンクリートの天井を見つめながら、さっきしゃべったようなことを思い出してるわけさ。小さい時分のことだ。楽しいこともあったはずだが、嫌なことばかり蒸し返される。それで自分が苦しくなる。

ジン　驚いたな。にいさんがこんなこと言うなんて。

アニ　活発で明るい兄貴かと思ってたか。それはそれで正しい。おれはリーダーシップを宿命づけられてたからな。司令塔でもおれは立派にリーダーシップを取っていたぜ。他人に仕切られるのが嫌だから自然とそうなるんだ。だからおれは率先して戦闘の指揮を取る羽目に陥った。戦場の実感も殺しの実感もないまま戦争は進む。おれはついにタンク室で前代未聞の最高得点を上げた。一年間で2万3千5百16点。つまりその人数を殺したってわけだ。自分にこういう才能があるとは知らなかった。戦争に参加するまではマージャンゲームしかやったことのないおれだからな。ジン、ゲーム好きのおまえは英雄になれる素質がある。

ジン　にいさんほど根性がないよ。ぼくは逃げるだろうさ。

アニ　なるほど。根性か。根性を持った人間が残ってるから戦争がなくならないんだな。

ドス　よくわかったよ。
アニ　よくわかったよ？　何がわかった？
ドス　にいさんがくるくるぱーのふりをするわけさ。
アニ　ふりじゃない。本当にくるくるぱーだ。
ドス　かあさんの前だけにしといてくれよな。
アニ　国を守るってことは何だ？
ドス　自分で志願しといて人に聞くなよ。
アニ　戦争で新たな真実を突き付けられた気分だ。国土を守るためなら人間、人を殺していいんだ。わかるかドス？　土地を守るためなら殺人は許されるんだ。
ドス　何が言いたいんだ？
アニ　許されるんだ。
ジン　許されないよ。
アニ　許されないか？　じゃあどうすればいいんだ？
ジン　争わないようにするんだ。
アニ　おれにはもうそういう理屈は通用しない。人殺しが奨励されるという現実に慣らされた頭で、これからどういう生活を送れってんだ。
ドス　安心しろよ。そういうことを口に出して言えるって状態は完全なくるくるぱーではない。
アニ　知ったふうな顔しやがって。おまえはガキの頃からそうだ。訳知り顔してぶつぶつ言っちゃ、なん

ドス　だか知らないがもにょもにょ書いてやがる。今だから言うが、おまえが家にいるとむかむかしたな。
アニ　そいつあ悪かったな。
ドス　いいかげん、家を出たらどうだ。
アニ　あ？　家を出ろだと？　出ようったって簡単に出られないのは、逃げるように出て行ったおまえたちが一番よく知ってんだろっ。
ジン　……。
アニ　悪かったよ、ドスにいさん。その通りだ。にいさんたちがいたからぼくはこの家から逃げることができた。ぼくはあの頃もうかあさんに我慢できなくなった。ぼくに一方的に注がれるひとりよがりの愛情を、ぼくがいなくなることでにいさんたちにおすそ分けしようとした。
ドス　おすそ分けっておまえ、それは作り過ぎた煮込みってわけにはいかないぞ。
アニ　ジン、おまえ、バカな。
ドス　戻ったからには、ジン、かあさんの世話の覚悟はしてるんだろうな？
ジン　かあさんに仲間のことを理解してもらえないと。
アニ　仲間？　あの教団のことか？
ジン　そことは別の新しいもんだよ。
アニ　ここで集団自殺しようって肚《はら》か？
ジン　仲間って口にすると誰もがそれをイメージしてしまう。ぼくたちが今やってることとは違うんだ。死のうともしないし攻撃もしない。今の社会のシステムから外れてしまって行き場のなくなった人た

アニ　ちが生き抜くための場所を模索してるんだ。
ジン　おまえ、それ何教ってんだ？
ドス　名前はまだない。
ジン　猫かよ。
アニ　どんな名前をつけても、名づけるとうさん臭がられるから、つけないんだ。
ジン　おれがつけてやるよ。行き場をなくした人間の集まりなんだな。
アニ　うん。動物との共生を考えてるんだ。
ドス　動物ときたか。駄目人間アニマル真理教ってのはどうだ？
ジン　はははははははは。
アニ　にいさんたちはいっつもまじめじゃないから嫌なんだよ！（去る）
ドス　ははっ、怒りやがった。
アニ　ぷんぷんと去りやがった。所詮末っ子だ。
ドス　可愛いやつめ。
アニ　あいつの考えはいつも甘い。ここに教会みたいなもんを建てたいらしい。
ドス　ほう。おまえ、ここにいるつもりなら助けてやれよ。
アニ　にいさんはいないつもりなのか？
ドス　頭がいかれてるからな。何をしでかすか知れやしない。
　　　何をしでかすか知れやしない、か。

アニ　……おれたち、どうすりゃいいんだろうな。
ドス　にいさんが、そういうこと言わないでくれよ。
アニ　おまえ、女のほうはどしてんだ？
ドス　なんだよ、いきなり。
アニ　女いるのか、おまえ。
ドス　それを聞いてどうすんだよ？
アニ　女がいるならここを出たほうがいいと思ってな。ここで暮らすってわけにはいかないだろ。おれの失敗を見てるよな、おまえ。
ドス　……ああ。
アニ　かあさんと一緒に暮らせる嫁はいないぜ。
ドス　でもあれは結果的にはかあさんが正解だった。
アニ　おまえまで言うか。
ドス　なんだよ、未練たらたらなのか。
アニ　ああいうあっけらかんとした性格ならかあさんとうまくやっていけると踏んでた。けっこう本気で所帯を持とうと思ってた。
ドス　反対されて正解だよ。
アニ　どんな女を連れて来ても反対するんだ。
ドス　今だから言うけど、家に来た時、あの子、おれを誘うような仕草をした。

アニ　自意識過剰だ。
ドス　かあさんは一目で見抜いたな。
アニ　誘うってどう誘ったんだ？
ドス　聞かないほうがいい。
アニ　じゃあ最初から言うな。
ドス　逆ギレすんなよ。だまされたのは事実なんだから。
アニ　おれのことはいいから、おまえはどうなんだよ？
ドス　つき合ってるのは、いるけどいないな。
アニ　なんだよ。それは？
ドス　売春婦なんだ。
アニ　風俗か？
ドス　いや。車で一時間いったところの古い売春宿さ。
アニ　おまえ、ロシア文学の読み過ぎじゃないのか。
ドス　そこの売春婦五人をとっかえひっかえ。それでいて彼女たちにはそれぞれほのかな恋愛感情もあるんだ。おれはこれでいい、これで十分なんだ。
アニ　おまえ、哀しいな。
ドス　結婚だなんだで煩わされないぶん、楽だよ。
アニ　やっぱりおまえといるとむかむかするよ。

ドス　そうかい。
アニ　同じ血が流れてるとは思えないな。
ドス　そうだな。お互いにね。

暗がりからハルが来て、小さなシャベルで何やら地面をつついている。

ハル　(気づいて) あ、いたんですか。おや、おふたりで。(シャベルを隠す)
ドス　なんか落としたのか?
ハル　レンズの蓋を落としましてね。見ませんでしたか?
ドス　わからないな。探そうか。
ハル　けっこうけっこう。それより空ですよ。本当にここの夜空は凄いですね。天然プラネタリウム。
ドス　あんた、ずっと地面のほうを見てたぞ。
ハル　(無視して) 虫の音がしますね。木々たちもささやいている。ここにいると気づかされますね、命の重要さ。どんなものにも命が宿っている。(アニに) ご気分のほうはいかがです?
アニ　……。
ハル　なかなかでしたね、さっきのキチガイ芝居。
ドス　あんたほんとにテレビ局の人間か?
ハル　なぜです?

ドス　キチガイはまずいだろ。
ハル　局内では異端の道を歩いてますよ。そんな人間でなきゃ、ここを撮ろうなんてことも考えたりしない。
アニ　気に食わないやつだな。
ハル　私のことですか？
アニ　ああ。
ハル　自分と似ているからじゃないですか？
アニ　どこが似てるってんだ。
ハル　どこかがですよ。どこかが……。まあいろいろあるでしょうけど、よかったですよね、久しぶりにお母様に会えて。
アニ　帰って来て初めて気がついた。おれは死にたくて戦争に志願したんだ。
ドス　不思議だったな。テロリストに憧れていたにいさんがテロリストを殺しに行くってのが。
アニ　おれが入れあげてたのは、ロシア革命前のテロリストだ。
ドス　おれは随分その影響を受けた。
アニ　初めて聞く話だ。
ドス　にいさんは、ぼくにとって蒼ざめた馬に乗って颯爽と走るテロリストだった。
アニ　おれはテロリズムをロマンチシズムとセンチメンタリズムで読み違えていた。
ドス　だからよかったんだ。にいさんの語るテロリズムはニヒリズムとは無縁だった。にいさんは明るい

アニ　テロリストだった。
ハル　生き延びて帰って来るテロリストがいるかよ。
アニ　残念でしたね。
ハル　なんだと?
　　　それはまた残念でしたね。

アニ、ハルの胸倉をつかむ。

ドス　やめとけよ。
アニ　……。(ハルを放す)
ハル　あなたもまた実に興味深いお方だ。今度カメラの前でじっくり話してください。
アニ　……。(去る)
ハル　さてと、寝ますかな。眠れない時代をがんばって寝るとするか。(去る)
ドス　長い夜が続いている。長い夜はまだ続いている。ひとりになったぼくは物置に入る。文机を取り出して蝋燭を灯し、原稿用紙に向かう。(座って書く仕草)「眠れない時代か。それはたぶん何が起きても不思議ではない時代のことだろう。なんでもありの時代をぼくたちは生きている。確実なものは何もない。築き上げた城は三日後に解体される。宣言された和平は一週間後に反故にされる。告白された愛情は翌日に忘れ去られている。すべてを疑ってかかることで、ぼくたちは精神のバランスを保つしかないが、そうした状態で人は一生を送れるのだろうか？」

カカが火のついた蝋燭を持って入って来る。

カカ　おまえ……。
ドス　（蝋燭に照らし出された顔に驚き）ひぇぇぇぇ！
カカ　なんだい、おまえ、ひぇぇぇぇってことはないじゃないの。
ドス　少しはプライバシーってもんを考えてくれよ。
カカ　いいえ。母親にとって息子にはプライバシーはありません。
ドス　ノックぐらいしろよ。
カカ　どこにノックして物置に入る母親がいるんだい？　この時間、物置におまえがいるなんて思わなかったよ。
ドス　用事が済んだら出てってくれよ。
カカ　おまえに用があって来たんだよ。
ドス　あ？　ここにいるの知ってて来たの？
カカ　そうだよ。
ドス　知ってたの？
カカ　ずっと前からね。なんだか夜中ごそごそやってるなと気づいてたけれど、独身の男のことだと思って知らんつらしてやってたのさ。

ドス　だからノックぐらいしろってんだよ。

カカ　おまえ、アニをどう思う?

ドス　どう思うって?

カカ　だいじょぶと思うかい?

ドス　かあさんにとって、なにがだいじょぶで、なにがだいじょぶじゃないかがわからないからな。

カカ　ったく。おまえって子はいつもこうだよ。わからんちんなこと言ってはぐらかす。

ドス　はぐらかしている気はないけどな。どうでもいいけど蝋燭の火、消してくれないかな。

カカ　なんでだよ?

ドス　顔が怖すぎだよ。

カカ　消したら見えないじゃないか。暗闇で転んで骨でも折ればいいっていうのかい、おまえは。

ドス　わかったよ。そのままでいいです。

カカ　なんだい、その言い草は。おまえだけが頼りなんだからね。

ドス　……。

カカ　アニはあんなだしジンはまだまだ子供だし、なんだかんだ言って、この家じゃおまえだけが頼りなんだよ。頼んだよ、おまえ。かあさんもうすぐ年寄りになるんだから。

ドス　……。

カカ、出て行く。カカは歩いて行く。誰かが立っているのが蝋燭の明かりでぼんやり見える。

カカ　誰だい？（近づく）アニ。アニ、おまえ気分はどうだい？

アニ　……。

カカ　かあさんにはわからないけど、あっちじゃいろんなことがあったんだろうねえ。おまえのおかげでこの家が助かるよ。おまえがいなくて、ほんと寂しい家だったよ。おまえがいるとやっぱり安心だよ。悩み事があったらなんでもかあさんに相談するんだよ。ドスはあたしに意地悪ばかりするんだ。嫌な子だよ。誰に似たんだろうねえ。かあさん、もうすっかり年寄りだから、おまえだけが頼りなんだよ。

アニ　……。

カカ　なに黙ってんだよ。

アニ　……。

カカ　なんか言っておくれよ。そうか、怖いんだろ。そうだろ、おまえ、この蝋燭がいけないんだよ。この火さえ消しゃあ……

カカ、蝋燭の火を消す。真っ暗になる。
遠くで、とらの「がおー、がおー」という声が聞こえる。

6

ジンがいる。

ジン　やっていいのかな？

姿は見えないが、ハルの声がする。

ハル　もうカメラは回してるから、いつでもどうぞ。

ジン　ぼくが育った家です。ここでよく食事をしました。かあさんの手料理は絶品です。街に出ていろんな店でいろんな料理を食べたけど、かあさんの和食に勝てるものはなかったな。煮物の味付けは、ほかの人には絶対真似できない。愛情に満ちた繊細な味なんです。それと肉団子がおいしい。肉団子……そう、肉団子。かあさんの手料理のおかげでぼくたち兄弟はこんなに大きくなれた。ぼくにはとうさんという人がいなかったけど、不自由を感じることはなかった。かあさんとにいさんたちが、父親の役割をしっかり果たしてくれました。夏にはこの庭でよくバーベキューをやりました。一番上のにいさんは肉を焼くのが上手だった。二番目のにいさんは野菜をきれいに切るのが得意だった。三兄弟でがつがつ食べた。かあさんはしつけにはきびしかったです。ぼくがどうしようもない悪さをすると、かあさんは鬼の顔をして怒りました。体罰を下すのは一番上のにいさんの役目でした。ぶん殴られて庭の物置に入れられた。はい、ここがその物置です。このなかで泣きわめいていました。でもなんだかんだで恵まれてましたね。家は広いし、ぼくたちにはそれぞれ個室もありましたしね。あそこに山が見えるでしょ？　はげやまと呼ばれていて、あそこでよく凧揚げをしました。はげやまの下は当時は一面の田圃で、おたまじゃくしやカエルやアメリカザリガニとよく遊びました。夕焼けの空にコウモリが飛んでいた。大きな犬を飼っていました。名前はサムといいました。サムの散歩はぼくの役目だった。朝と晩、サムとこのあたりを歩き回りました。早い朝の草原。草木は笑顔で迎えてくれた。小さな川のせせらぎは、そっと自然の秘密を教えてくれるつぶやきだった。夜空の星々に向かってサムが吠える。星たちはそれに答える。すると夜の闇がうごめきだす。自然が顔を持つんです。そうやってサムは自然界との対話を手伝ってくれました。（携帯電話が鳴る。スマホを取り出して）ああ、なっちゃん。ごめんごめん、帰って来たばかりでいろいろ忙しくってさ。みんな、どしてる？　変わりない？　そりゃよかった。こっちはいいよ。やっぱいいよ。準備できたらみんな呼ぶから。すぐだよ、すぐ。わかってるよ。あともう少しだから。じゃあね。（電話を切る）失礼しました。

ハル　（姿は見せないまま）彼女から？

ジン　街にいる仲間からです。失礼失礼。続けます。かあさんは女手ひとつでぼくを大学まで入れてくれました。今でもかあさんのことは大好きです。ぼくを産んでくれた人だからね。結局息子ってのは、

ハル　母親のことが好きじゃなきゃならないんです。好きになっていなきゃいけないんです。そうでないとしたら、何かが間違ってるんだ。……一番上のにいさんからは勇気を学び、二番目のにいさんはぼくに哲学を教えてくれました。草花、川、空、虫たち、動物たち、この大地と共にぼくは成長しました。ぼくはかあさんの態度に全面的に賛成です。ここを捨てて出て行くのは、冒瀆です。

ジン　（相変わらず姿を見せないまま）冒瀆？　誰への冒瀆？

ハル　ここで生まれてここで死んでいった人達へのですよ。

死んでいった人達ってのは……

アニが猟銃を持って歩いて来る。

ジン　にいさん……

アニ　（ハルに気づいたようで）撮ってるのか？

ハル　（相変わらず）ええ。

アニ　今はおれを撮るな。

ハル　いいじゃないですか。

アニ　撮るな。

ハル　どうせ使いませんから。

アニ　（猟銃を構える）

ハル　わかったわかった。止めますから。本気かよ。
ジン　物騒だよ、にいさん。
アニ　おれは物騒だよ。
ジン　どういうつもりだよ。
アニ　狩りにいってくる。
ジン　狩り？
アニ　そうだ。畑を荒らす鹿や熊をな。
ジン　鹿や熊を撃ちにいくの？
アニ　そうだ。
ジン　戦争でうんざりしたって言ってなかったっけ？
アニ　現実を取り戻そうと思ってな。
ジン　鹿や熊はぼくたち人間より昔からここにいたんだ。それを排除しようってのはよくないよ。
アニ　農作物を荒らされてもか？
ジン　ああ。人間は後から来たんだから。（行こうとするアニに）動物を殺すのはやめろよ。
アニ　痛みを取り戻そうってだけだ。（去る）
ジン　……。
ハル　（変わらずＯＦＦで）動物といえば、お墓があるって聞いたけど。
ジン　お墓？

ハル　死んだ動物を庭に埋めてたって聞いたけど？
ジン　誰から聞いたの？
ハル　とらさんからだけどね。
ジン　ああ。お墓ね。埋めたよ……。
ハル　それはどこ？
ジン　……。
ハル　どこに埋めたの？
ジン　どこに埋めた？
ハル　ええ。どこに埋めたの？
ジン　埋めたのは……埋めたのは……（きょろきょろとして）埋めたのは……（挙動不審になる）
ハル　どこに埋めたの？
ジン　（地面を指し）ここだ。

ジン、不意に呼吸困難になり、失神して倒れる。ビデオカメラを持ったハルが姿を現す。

ハル　ここか。

ハル、小さなシャベルを取り出し、ジンが示した地面にシャベルを突き刺して去る。

遠くで猟銃の銃声が聞こえて来る。
カカが歩いて来てジンに気がつき、走り寄る。

カカ　ジン！　ジン！　どしたの、おまえ！
ジン　（意識を取り戻す）
カカ　どうしたんだよ、おまえ。
ジン　……かあさん。
カカ　どこか悪いのかい？
ジン　かあさん、こわい！（ひしとカカに抱きつく）
カカ　何がこわいの？
ジン　わからない。
カカ　話してごらん。
ジン　なんだかわからない。
カカ　何があったんだい？
ジン　何がって何？
カカ　街で何かこわい目に遭ったんだろ？
ジン　街で？
カカ　街でだよ。

ジン　街のこと？
カカ　街のことだよ。かあさんに話してごらん。
ジン　いろんなことがあったよ。
カカ　どういうことがあったの？
ジン　人がばたばた倒れていったんだ。
カカ　将棋倒しかい？
ジン　人がばたばた死んでいったんだ。
カカ　おや、戦争かい？
ジン　戦争じゃなくても死んでいくんだ。街ってのはそういうところなんだ。
カカ　街なんかに出て行くからだよ。
ジン　仲間が、次々に毒を飲んで……ぼくは飲めなかった。どうしても飲めなかった。信じることができなかったんだ。みんなを裏切って生き残ったんだ。
カカ　何を言ってるのか知らないけど、おまえ、人間生きててなんぼだよ。裏切り者と言われようが、悪人と言われようが、生きてるのが勝ちだよ。
ジン　ぼくたちは負けたんだ。人を救うなんて言っておきながら、自分たち自身すら救えなかった。
カカ　おまえは救われたんだよ。こうしてあたしの腕の中にいるんだから。帰って来てくれてほんとにうれしいよ。おまえが出て行って、かあさん料理をしなくなったんだよ。今夜からかあさん、料理をまた作るよ。おまえのために作るんだよ。何が食べたい？

ジン　なんでもいいよ。
カカ　そうだ、おまえは肉団子が好物だったね。肉団子を作るよ。
ジン　……。
カカ　嫌なのかい？
ジン　別に嫌じゃないよ。
カカ　ならもっといい顔しなよ。
ジン　かあさん、ぼくここに広場を作ろうと思ってるんだ。
カカ　広場？
ジン　生き残った七人で、新しい広場を作りたいんだ。
カカ　ここに？
ジン　この土地に。
カカ　じゃあこの先ずっとここにいるってことなんだね？
ジン　そう決めたんだ。
カカ　ずっとあたしのそばにいてくれるんだね？
ジン　……うん。
カカ　この土地はみんなおまえのものだよ。
ジン　にいさんたちにも相談しようと思ってるんだ。
カカ　あてにならないから、あの子たちには土地の権利を放棄してもらいましょう。

ジン　え？
カカ　アニはあんなで帰って来るし、ドスなんてわけがわからないよ。毎晩物置でなんだかひとりでごにょごにょやってんだよ、あの子。
ジン　あの子……
カカ　なんだよ？
ジン　いや、にいさんたちもまだあの子っていう子供なんだなって思って。
カカ　親にとっちゃ子供はいつまで経っても子供だよ。でも頼りになる子供はおまえだけだよ。ずっとここにいるんだね？
ジン　うん。
カカ　おまえ、なんで家を出たんだい？
ジン　言いたくないな。
カカ　言ってごらん。これからずっと暮らしていくんだから、言いたいことは口に出そうじゃないか。
ジン　……とうさんは……
カカ　あ？　とうさんがどうしたって？
ジン　とうさんは死んでるの？
カカ　何を言うんだよ、この子は。とうさんは女と逃げてどっかに行っちまったんだよ。誰がそんなことおまえに吹き込んだんだ？
ジン　ドスにいさんだよ。

カカ　あのクソガキ。
ジン　二十年前、ぼくがまだ三つの時だ。とうさんは殺された。
カカ　嘘だよ。
ジン　それをドスにいさんから聞いたのはぼくが十五になった春だった。ぼくは混乱してこの家にはいたくないと決心した。
カカ　おまえが出て行ったのは十八歳の誕生日の前の日だったねえ。
ジン　覚えてるんだな。
カカ　忘れるもんかね。おまえの誕生日パーティーのために一生懸命料理を作ったってのに、いなくなっちまうんだからねえ。ドスは小説なんざに入れあげて頭がおかしくなったんだよ。
ジン　……（去ろうとする）
カカ　どこに行くの、おまえ？
ジン　森に行って来る。
カカ　森に行って何をしようっていうの？
ジン　考え事だよ。
カカ　もう考えるのはおよし。人間考え出すと、ろくなこと起こりゃしない。もうどこにも行かないでおくれ。
ジン　森に行くだけだよ。
カカ　また出て行くってんじゃないだろうね？

ジン　どこにも行かないよ。ぼくにはもうどこにも居場所がないんだ。（去る）

カカ　居場所がないだと。何言ってやがんだい、ここに居場所があるじゃないの。何の不満があるってんだい。

とらが出て来る。

とら　まあまあおくさん、今日はまた何ぷりぷりなされてるだね？

カカ　どいつもこいつもだらしないよ。

とら　すいませんでした！

カカ　おまえのこと言ってるんじゃないよ、うちの息子どものことだよ。

とら　みなさん戻られて、あんたは幸せ者だよ。

カカ　どいつもこいつもあてにならない。まったく苦労して育てたって親にはなんの得もないよ。三人いてどれも頼りにならないってのはどうしたもんかね。

とら　みなさん元気で立派じゃありませんか。

カカ　健康だけど元気じゃない。一人前の顔してるけど立派じゃない。まったく、ひとりで育ったような顔して、親に感謝ってもんをしない。

とら　感謝していますよ。

カカ　どの面で感謝してるってんだい。

とら　みなさん、恥ずかしいだけですよ。
カカ　親への感謝を恥ずかしがってどうする。
とら　息子ってのはそうしたもんですよ。
カカ　子供のいないおまえに何がわかるってんだよ。
とら　そういうことを言わないでちょうだい。そういうことを言わないでちょうだい。（さめざめと泣く）
カカ　大体、今の人達は親に文句を言い過ぎですよ。あたしらの時代じゃ、親にどんなに理不尽な目に遭ったってじっと我慢して一人前になったもんですよ。親なんてもんはね、そもそも理不尽なものなんですよ。それを乗り越えて強くなっていくのが子供ってものなんですよ。
とら　あんたも理不尽だってことかい？
カカ　あたしが理不尽だったことは一度もござんせん。ただ、育て方が悪かったのかしら。
とら　そうだよ。
カカ　なんだと？
とら　おくさん、あんたに手紙が届いてるよ。
カカ　そういうのは早くお出しよ。
とら　忘れてたんだよ。
カカ　忘れるなよ。（とらから封筒を受け取り読む）……。
とら　どうなさったね？
カカ　カラオケでもやってパーッとしようかい。

とら　さては悪い知らせなんだな。
カカ　なめくさりやがって。
とら　あんまり怖い顔すると皺が増えるよ。
カカ　とら、歌の準備をしておくれ。
とら　あいあい。

ふたり、家に入った様子。

とら　（カカにマイクを渡し）あんたはさしずめ演歌だね？
カカ　演歌はやめとこう。
とら　ってことはブルースだね？
カカ　そこに新しいのがあるから、そいつをかけとくれ。
とら　あいあい。

英語のラップが流れる。

とら　なんだこのうるさいのは!?
カカ　アルミホイールっての。

とら　アルミホイール？
カカ　じゃなかった。サランラップだったたっけか。
とら　新手の盆踊りか？
カカ　まあそんなところね。（英語の上に乗せて歌う）ぽんちゃかすっちゃんぽんぽんぴんぴん、ぴんちゃかすっぴんぺぺぺぺぺ。どっこいすちゃらか、ちゃんちゃらおかしい、すちゃらかしゃいんはちゃんちゃらおかしい。ほいきたしもきたいつでもしもやけ、すってんころりんおおいたた。

とら、楽しげに踊る。

7

ハルが猟銃を持ったアニにビデオカメラを向けている。

ハル　獲物はなしですか？
アニ　撃てなかった。
ハル　銃声がしたからてっきり今夜は鹿鍋か熊鍋と思っていたんだけどな。

アニ　雌鹿がすぐ目の前に現れたが、自然に外して撃っていた。
ハル　戦争の英雄だというのに。
アニ　戦争の英雄だから撃てないんだ。
ハル　なるほど。銃の使い方はお父様から？
アニ　……あの男は狩りが好きだった。テキーラをぐびぐびやりながら一発で仕留めた。
ハル　ほほう、テキーラを。
アニ　必ず水筒に入れたやつを持って行くんだ。酔うほどに仕留める率が上がる。
ハル　奔放な男だったと聞いていますが。
アニ　家族を支配した。家族以外の他人も支配しようとした。
ハル　ご趣味は狩りと酒というわけで？
アニ　あの男のことは話したくない。
ハル　そりゃまたどうして？
アニ　不安になる。
ハル　何の不安なんです？
アニ　生きていることの不安だ。
ハル　生きていくことの不安？
アニ　違う。生きていることの不安だ。
ハル　英雄がそういうことを言っちゃいかんでしょう。戦争志願の人間が減ってしまう。

アニ　戦争の英雄。人々はおれをそう呼ぶ。間違っている。おれは戦争の記憶の英雄だ。素晴らしい戦争。そこでは好きに人を殺せる。人を殺している実感がないまま、味わえないままやれる。ゲームの英雄だ。戦争の記憶の英雄。孤独なゲームの王者。

ハル　私も実は戦争帰りでしてね。あなたの立場もよく知っています。あなたとは違って私が味わされたのは、ずぶずぶの戦場でしたよ。泥と恐怖。砂漠の砂と血の匂い。死体を見慣れると人間ってのは内臓と血の詰まったずた袋に思えてくる。テロリストの手に落ちた時には、これでおしまいと思った。ほんと、ぎりぎりのところで逃げることができた。小隊で自分だけが生き延びたんです。仲間はみんな首を落とされた。なんで自分は逃げられたんでしょうね？　わかりますか？

アニ　……。

ハル　最近になってふと気がついたんです。テロリストたちは証言者をわざと残したんじゃないかって。歴史の証言者として選ばれたのが自分なんじゃないかって。

アニ　わかるな。

ハル　何がわかるな、なんです？

アニ　君の顔は証言者の顔だ。

ハル　ゲームの戦争しかしていないあなたに何がわかるんですかね。

アニ　……。

ハル　こちとらずぶずぶの戦場で虫けら扱いだ。（アニを探るように見て）おっと、殺意の目だ。目に殺意が宿っている。

アニ　それはおまえのほうだ。
ハル　似てるんですよ、あんたと私。
アニ　そんなはずはない。真逆の体験を語ったばかりだろう。
ハル　戦場での立場は違ったが、似てるんですよ、あんたと私。無理はない。父親が同じですから。
アニ　！

ドス、静かに現れる。

ドス　撮ってるのか？

アニとハルは見合ったまま黙っている。

ドス　撮ってるのか？
ハル　……ええ。まあ。
ドス　おまえ何者？
ハル　は？
ドス　国営放送に問い合わせた。この家のドキュメンタリーを撮る企画などない。おまえの名前の社員はいない。

ハル　当たり前ですよ。私は下請けの弱小制作会社ですから。
ドス　嘘をついている目だ。
ハル　わかるんだ。やっぱり種が同じだとわかるんだな。
ドス　種？
ハル　似ちゃってるんだなぁ。
ドス　おまえ誰？

とらが出て来る。

とら　お坊ちゃん方、おくさんがお呼びです。みなさん集まってくださいということです。
ドス　ちょっと今立て込んでるんだけどな。
とら　重要な家族会議だということですから。
ドス　家族会議？　なんだ？
とら　行けばわかるだろうから、さっさと行きなよ。（ついて行こうとするハルに）おまえはいいんだよ。
赤の他人は川に洗濯にでも行ってな。
ハル　……（去る）

8

カカ、アニ、ドス、ジン、とらが集まる。

カカ　集まったかい？
ドス　大人数がいるわけじゃなし、見ればわかるだろ。
カカ　やかましい。大人数でもないのになかなかそろわないのが、おまえたちだろがっ。
ドス　この際だから言うけど。
カカ　この際とはどういうことだ？
ドス　全員がいるこの場だから言わせてもらうけど。
カカ　なんだい、えらそうに。
ドス　にいさんやジンがいないあいだ、かあさんの話を聞いてたのは、おれだからね。少しばかりえらそうにしていても罰は当たらないだろよ。
カカ　おまえがあたしの話をまともに聞いてくれたことなんてありません。
ドス　いいかい、かあさん。冷静に聞いてくれよ。みんなにも聞いてほしいから、この機会に話すんだ。かあさんと一対一だと後でどう脚色されるかわからないからな。

カカ　おまえはまったく親の批判ばかりだよ。
ドス　だから喧嘩腰で聞くのはやめてくれよ。
カカ　何が喧嘩腰だよ。この腰からおまえたちは産まれて来たんだよ。
ドス　ほら、それだよ。
カカ　何がそれだよ、だよ。
ドス　子供は親の所有物じゃない。にいさんとジンがどう思っているかは知らない。少なくともおれはかあさんの持ち物じゃない。
カカ　……。
ドス　（溜め息をつき）やっと言えた。当たり前のことだってのに。口に出せるのに何年かかったんだろな。
カカ　アニ、ジン、おまえたちはどう思うんだい？
アニ　難しいことはよくわかりませんっ！
カカ　ジンは？
ジン　ぼくはかあさんの子供だよ。
カカ　（ドスに）それみろ。
ジン　かあさんの子供だけど……
カカ　子供だけど？
ジン　かあさんの子供です。
カカ　ドス、それでおまえどうしたいんだよ？

ドス　街に出ようと思ってんだ。
カカ　そういうことか。
ドス　そういうことだよ。
カカ　そうならそうで、あたしのほうの話もちょうどいいタイミングだよ。（封筒を取り出し）また退去勧告が来たよ。ここを出てけということだよ。出ない場合は強制執行。馬鹿にしてやがる。先祖代々守ってきたこの土地を廃棄物処理場にしようってんだ。
ドス　見せてくれよ。

ドスはカカから退去勧告書を受け取る。それは会話の最中アニに渡り、ジンに渡る。その頃、庭にはハルがスコップを持って現れる。シャベルを突き立てた場所を掘り始める。

カカ　あたしゃ頑として出て行かないよ。この家を壊そうっていうなら、あたしを殺してからにして欲しいね。あたしはそうした覚悟だけど、おまえたちはどうするね？
とら　あたしはついていきますよ、おくさま。
カカ　ジン、おまえはここにいるんだろう？
ジン　（退去勧告を読みつつ）そのつもりだけど……
カカ　つもりだと？　だらしがない。教会だかなんだか建てるんじゃなかったのかい？
ドス　（ジンに）おまえ、かあさんに話したのか？

カカ　この土地の権利を全部ジンのものにしようと思うんだけどね。
ドス　それみろ。おまえの広場がかあさん主導の話になっちまったぞ。
カカ　ドス、おまえは家を出るんだろう？　それなら権利放棄のサインをしてから出て行きなさい。
ドス　そういう話かよ。
カカ　（権利放棄の書類を出しながら）アニ、おまえもういいだろ？　こんなになっちまったからには、まともに働けないだろうし、おまえの面倒はあたしとジンで見るから……
とら　あたしも面倒みるよ！
カカ　ここにサインするんだよ、アニ。

カカはアニにペンをやや強制的に持たせる。

アニ　……。
カカ　ここだよ、ここに名前を書くんだよ。

アニ、書こうとするところその腕をドスが押さえて止める。

カカ　なにすんだよ、おまえ。
ドス　簡単に乗っちゃだめだ。

カカ　この子はもう自分じゃ稼げないんだよ。だから土地の権利も……

ドス　にいさんには戦争の補償金も出るし戦争年金も出る。それも食い尽くそうってのか。

カカ、キッとドスを見据える。その迫力に暴力の気配を感じてドスはひるむ。カカもまた片膝を立てて瞬間戦闘態勢に入るが、ゆっくり座り直す。

カカ　そういうことを母親に向かって言うのですね、あなたは。

全員が黙ったまま。その不穏な静寂のなかで、庭で地面を掘る音が聞こえて来る。

カカ　なんだね、この音は？

アニ　虫の音だな。

ジン　虫？

アニ　駐屯地の夜によく聞いた虫の音だ。

ジン　何虫？

アニ　名前はわからない。

カカ　虫なもんかね。ドス、見ておいで。（ドスを見送り）まったく、あの子ったら何様のつもりかね。

ドス、庭に出て穴を掘るハルを見出す。かなり掘っている。

ドス　おまえ、なにしてんだ?
ハル　よっ。手伝うなら手伝って。(掘り続ける)
ドス　なにしてんだよ、おまえ。

ドス、近づいて止めようとする。

ハル　触るな!

その大声を聞いて全員が出て来てハルを見る。ジンは呼吸困難になる。

カカ　ジン。
ジン　(苦しがりうずくまる)
カカ　(背中をさすり)だいじょぶかい、ジン。あんた、どういうつもりなんだね!
ハル　埋蔵金を掘り起こそうと思いましてね。
ジン　穴が怖い、穴が怖い……
カカ　なんでこの子は穴なんかが怖いってんだよ。

ハル　とぼけちゃいけないよ、奥さん。その訳はあんたが一番よくご存じのはずだ。（何かスイッチのようなものを入れる）

酔ったとらの顔の映像が襖に映写される。映像のなかのとらが語る。

とら　がおー。この家のおとっつぁんってのはね、もともと人殺しだったのよ。ここに来る前にいた町じゃ有名な話でね、何人も人殺しちゃあぶく銭手にしてたのさ。捕まらないのは証拠がないから。みーんな行方知れずだから殺されたかどうかもわかりゃしない。おくさんが可愛がってた弟さんを殺したのも、おとっつぁんだよ。行方知れずってことになってるけどね、あいつがやったに違いないって。あたしはたぶんこの庭に埋めたと踏んでんだ。そうやってここの遺産が全部おくさんに渡るようにしたわけさ。おくさんの金は自分の金。そいでまんまと大金せしめたおとっつぁんは、酒飲んじゃ暴れるわ、女遊びはするわでとうとう最後は自分が殺されちゃった。誰にっておくさんに殺されたのよ。正確に言うとね、おとっつぁんに暴力振るわれてたアニ坊ちゃまに猟で使ってた銃で殺させて、息子ふたりに穴を掘らせて埋めたのよ。弟さんが埋められたのと同じ庭にね。え？　だから埋めたのはアニ様とドス坊ちゃま。まだふたりとも子供だってのによくやったよなあ。おかあちゃまの言うことをよくきいて、えらいっ。だからね、あーた、この家の庭にはふたつの死体が埋まってるってわけさ。がおー、がおー。そいでね、あたしが初めて飲んだシングル・モルトってのはね……（ぷつんと切れる）

カカ　とら、おまえ何ぬかしてんだ！
とら　ひぃー。あたしは言った覚えがないよ。
カカ　映ってんのはおまえだろがっ。
とら　あれはあたしに似た誰かです。
カカ　おまえったら、ぺらぺらぺらぺら。
ジン　やっぱりそうだったんだ。ぼくの悪夢に現れる穴の映像は現実だったんだ。
ドス　おまえは手を下しちゃいない。
ジン　見てたんだ。にいさんたちがここに穴を掘ってるのを。二十年前、三歳だったぼくはこっそり見てたんだ。
カカ　夢だよ、夢。おまえは夢の中で見たんだよ。（ハルに）あんた無駄だよ、とらの言ったことは全部嘘だからね。

ハルは黙々と掘り続けている。

カカ　あんた、一体何が目当てなんだよ。
ハル　父親探しですよ。
カカ　あんた……
ハル　お父様の息子です。

カカ　あいつの息子……

ハル　父親に会いたくてようやくこの家を見つけてたどり着いた。ところが父親はいない。わけを知りたくて探ってたんです。そこでやっと理解しましたよ。あなた方がここを出て行こうとしないのは、死体の発覚を恐れてでしょう。

カカ　目的は金かい？

ハル　（掘りながら）隠された歴史の真実を一切合切白日の下にさらしましょう。父の無念を晴らしてやる。

カカ　あの男のことを知らないからそんなこと言えるんだ。

ハル　認めるんですね。

カカ　いくら欲しいんだい？

ハル　これは敵討ちなんですよ、奥さん。

カカ　いくらか言いなさい。

ハル　人の父親を殺しといて、のうのうと生き延びてるあんたらを許すことができないんです。

　　ハル、黙々と掘り続ける。一同、それを異様な沈黙で見ている。かなり深く掘られる。やがて、

ハル　ん？　……骨だ。（掘る）骨だ。（激しく掘る）おとうさん！

カカ　アニ、おまえの出番だよ。

アニ　……。

カカ　ぼけっとしてんじゃないよ！

カカ、一度引っ込み猟銃を持って戻って来る。それをアニに強引に渡す。

アニ　……。
カカ　やっちまいな。
アニ　……（ハルに猟銃を向ける）
ハル　……。
カカ　早くおやりよ。

アニ、撃つが銃口を逸らせる。

ハル　思った通りだ。あなたはもう撃てない。
カカ　貸せ。（アニから猟銃を引ったくり、ハルに向ける）
ハル　こうやって殺されたんだ。おとうさんと同じだ。これでやっとおとうさんと一緒になれる。
カカ　（ハルを見て）ああ、あいつの目とそっくりだ。
ハル　なぜ殺した？

ハルに向けて、カカ撃つ。ハルは穴の中に倒れる。

カカ　……なぜだって？　息子たちを守るためです。この家と土地を守るためです。弟を守り切れなかったのが悔やまれるからですよ。

とら　何も見てません。とらは何も見てませんから。（去る）

カカ　……さあ、埋めてちょうだい。

三人の息子たち　……。

カカ　かあさんがやったんだから、埋めるのはおまえたちだよ。

息子たち　……。

カカ　やらないってんなら、あたしがやるさ！

カカ、手で土を穴に落とす。風が吹いてくる。アニ、カカの腕を掴んで止めさせる。

カカ　！

アニ、穴の中に身を落とし、ハルの死体を抱え、穴から出そうとする。

アニ　ドス、手伝え。

アニとドスで死体を穴から出す。

カカ　おまえ、どうするつもりだね？

アニ　北の崖から海に落としてくる。

カカ　それもいい案だよ。

アニ　それから自首する。

カカ　自首？

アニ、死体を背負う。歩きだす。

カカ　アニ……

アニ　（立ち止まり）こいつをやったのはおれということだ。もともとあの男を殺したのはおれだった。これでやっと罰が受けられる。

アニ、暗がりに消えて行く。

カカ　さあ、何もなかったんだから。

カカ、穴に土を戻し始める。

カカ　何もなかった。何もなかったんですよ。

9

森の木々がざわめいている。

10

数年後。ドスがぼんやりと立っている。

ドス　……。

アニが現れる。

ドス　アニ……本当にアニか。アニ、出て来たんだ。
アニ　早く出られた。
ドス　あと少しくらっていると思ってたんだけどな。
アニ　塀の中の優等生だ。軍隊の生活に慣れてたから、刑務所の生活はさして苦じゃない。
ドス　連絡してくれたら迎えに行ったのに。
アニ　来なくていい。
ドス　ずっと面会拒絶で会ってくれないし。
アニ　話すことなんざないからな。
ドス　かあさんは泣いてたよ。
アニ　泣いてた？
ドス　あのかあさんが泣いてたよ。
アニ　泣いてたか。
ドス　さめざめとね。
アニ　元気なのか？
ドス　元気は元気だよ。

アニ　おまえはどうしてるんだ?
ドス　相変わらずさ。小説を書いてる。でも売れないどころか最近は出してもらえなくなってる。
アニ　おまえ、がんばれよ。
ドス　がんばるよ。
アニ　ジンは?
ドス　ジンはがんばってるよ。仲間と施設を建てようってんだけど、宗教団体にはきびしくなっててね、なかなかうまくいかない。
アニ　とらは元気なのか?
ドス　もういないよ。
アニ　いない?
ドス　あの日から消えてしまった。とらがいなくなってから、かあさんは少し年とったな。ほかは元の通りだな。
アニ　元の通りか。
ドス　ほぼね。
アニ　平穏か?
ドス　平穏って言えば平穏かな。まあ、裏になにもない平穏なんてあるわけがないからな。平穏だよ。この家は平穏だ。
アニ　殺そうと思うんだ。

ドス　え？
アニ　殺そうと思う。かあさんを。
ドス　かあさんを……。
アニ　刑務所っていうのはな、考え事をする場所なんだ。いろんなことを考えることができた。おれは父親だったあの男を殺した。あの男から自由になるためだった。
ドス　正確に言うとおれたちだよ。かあさんとおれも共犯だ。
アニ　直接手を下したのはおれだ。帝政ロシア時代のテロリストのつもりでいた。横暴な旧体制の打倒だ。これでおれたちはのびやかな自由を手にしたはずだった。レーニンはおまえだ。おれはトロツキーみたいなもんだ。そして歴史は繰り返された。スターリンという独裁者の台頭だ。わかるか？
ドス　かあさんがスターリンだって言いたいのか？
アニ　スターリン以上かも知れない。母親だからな。おれたちはまだ自由じゃないんだ。逃げても逃げても母親は追ってくる。止めるなよ、ドス。
ドス　止めないよ。
アニ　おれは再び家庭内テロリストになる。

カカが出て来る。

カカ　アニ、アニかい！

アニ　ただいま。

カカ　おまえ、出て来たのかい！

アニ　帰って来たよ。

カカ　（アニの手を握り）よかった、よかったよ、おまえ。さあさあ、お上がりよ。おなかすいてるんだろ、おまえ。もう歌を歌うのはおやめよ。（見つめて）おまえ、顔が普通に戻ってるよ。目がまともだよ。やっぱり入れてみるもんだねえ、刑務所。

ドス　なに言ってんだよ。

カカ　今何か作ってくるからね。ジン、ジン！　にいさんが戻ったよ！

息せききってジンが入って来る。

ジン　にいさん、おかえり！

アニ　ああ。今帰ったよ。

ジン　どうだった、刑務所？

アニ　ああ。なかなかいいところだったよ。

ジン　そうかあ。そいつはよかったあ。ビール飲むかい？

カカ　そうだよ、ビールだよ、おまえ。出しといで。あたしは食べるもん作って来るから。（去る）

ジンはビールを取りに去る。

ドス　このぶんだと当分なしだな。

アニ　馬鹿言え。見てろ、今ここでやる。

ジンがビールとコップを持って入って来る。

ジン　（アニのコップにビールを注ぎ）やってくれよ、にいさん。

アニ　（一気に飲み干す。ジンが注ぐと一気に飲み干し、ビール瓶を奪って自分で注ぎ飲み続ける）

ジン　すげえや。酒取って来るよ。（去る）

カカが顔を出し、

カカ　柿ピーでもつまんどき。（投げる）

アニ　（受け取り、袋を破いてつまみ）うまい、柿ピー。（つまみ）柿ピー、うまい。（むしゃむしゃあっと言う間に食べてしまう）

ジンが酒の一升瓶を持って入って来る。

ジン　にいさん、酒だよ。コップを洗ってくるよ。
アニ　いいから、このまま注げ。
ジン　いいのかい？
アニ　いいからいいから。（一気にコップ酒を飲み）ぷはー。もう一杯。
ドス　久しぶりなんだから、このへんで止めたほうがいいんじゃないか。
アニ　うるせい、弟。てめえ、弟のくせに生意気なんだよ。（飲む）注げ。
ドス　（ジンに止めろという目配せ）
ジン　（ドスの目配せに従う）
アニ　大体だ、てめえらおれのことなんだと思ってやがんだ。
ドス　チッ、酔いやがった。
アニ　オヤジを殺したのはおれだぞ。
ジン　声が大きいよ。
アニ　どうせまわりにゃ誰もいねえだろうに。
ジン　ぼくの仲間たちが聞いてるよ。
アニ　どこにてめえの仲間がいるんだよ。
ジン　少し先の原っぱにバラック小屋を建てて住んでんだ。
アニ　またみんなで毒飲んでおっちのうってんだな。

ジン　そういうこと言うなよ。
アニ　酒を注げよ、この野郎。
ジン　(仕方なく注ぐ)
アニ　あのクソ腹違い野郎を殺したのもおれだ。もっとわたくしをですねえ、歓待歓迎したらどうなんですかねえ。刑務所の門の外でだよ、みんなでずらっと並んで、「おつかれさまでしたあ」とかやってベンツで出迎えろってんだよ。
ドス　古いねえ。
アニ　なんでそういうのしなかった?
ドス　しなかったって、何にも連絡して来なかっただろ。
アニ　恥ずかしかったんだよ。
ドス　それみろ。
アニ　恥ずかしいけれど、そういうのやって欲しいんだよ。そういうおれの気持ちをてめえたちゃもっと察しろってんだよ。
ドス　あーあ、完全酔っ払いやがった。
アニ　酔っちゃねえぞ。酔っちゃねえぞ、おれは。

カカが丼を持って入って来る。

カカ　ラーメン作ってきたよ。おまえ、戦争から戻った時ラーメン食べたいって言ってたろ。
アニ　ありがとうございます、おかあさま。（丼を見て）なんだよ、インスタントかよ。
カカ　インスタントしかなかったんだよ。ごめんよ。
アニ　（一口食べる）うまい！
カカ　そうかい！
ドス　（アニの猛烈な食べっぷりを見つめ）……。
ジン　（こちらも食べっぷりに唖然として声が出ず）……。
カカ　（食べっぷりに愛しさを感じ）……。
アニ　（あっと言う間に平らげて）ぷはー。
カカ　とりあえず満足したかい？
アニ　ぷはー。
カカ　夜は何が食べたいね？
アニ　すき焼き。
カカ　わかったよ。
アニ　ところでおかあさま、ずっと聞きたいと思ってたこと今ここで聞きますけどね。
カカ　は？
アニ　いや話したくないならいいんですがね。
カカ　なんだい？　おまえ、酔ってるね。誰だい、こんなに飲ませたのは？

ジン　ぼく。
カカ　馬鹿。
アニ　馬鹿ですよ、あたしゃ馬鹿ですよ。
カカ　おまえ蒲団敷いてやるから寝な。
アニ　あの男がおかあさまの弟さんを殺したって話は本当なんですか？
カカ　……。
アニ　あの腹違いが見つけた骨はあいつのだ。あの場所にはあいつしか埋まってはいない。そんなこたあわかってる。あいつを埋める穴を掘ったのはおれたちだからな。なあ、ドス？　だとしたらあいつが殺した叔父さんはどこに埋められてんだ？　この家の庭であることは確かなんですね、おかあさま？
カカ　そういう話はもうやめなさい。
アニ　あれはとらの作り話ですか？
カカ　ええ。作り話だよ。
アニ　そんなこたあないでしょ。
カカ　おまえ、やめるんだよ。
アニ　あの男が人殺しだから自分も人殺しなんだって納得してんだから。人殺しの血を受け継いだのがおれだって。そうでなきゃ、おれは突然生まれ落ちた人殺しってことになっちまう。そりゃあんまりだ。あんまりだよ、おかあさま。

カカ　そんなに言うんなら事実ってことでいいです。
アニ　どっちなんだよ！
ドス　こういうことは、はっきりさせといたほうがいい。
カカ　尻馬に乗るんじゃないよ。
ドス　かあさん、あなたは曖昧にごまかしてばかりだった。
カカ　うるさい、この穀潰しがっ。大体いい歳した男が三人いて、揃いも揃ってこのザマはなんだい。
ジン　このザマってどういうザマ？
カカ　息子が三人もいるのに誰ひとりまともじゃないってのは、どういうザマだっていうんだよ。
ジン　そんなふうに思ってたのか。じゃあ、かあさんの望むザマを聞かせてくれよ。
カカ　いっぱしの大企業でばりばり働いて結婚して孫を産んで定年退職まで勤め上げるって男だよ。
ドス　まっぴらだね、そんな生き方は。
カカ　だから駄目なんだよ、おまえは。
アニ　おかあさま、おれは英雄だったんだけどな。
カカ　人殺しで帳消しだよ。
アニ　かあさんの代わりに刑務所に入ったんだよ。その歳で刑務所暮らしはつらかろうと思って身代わりになったんだよ。
カカ　わかってるよ。
アニ　感謝の言葉がない。

カカ　だっておまえ親子の間じゃないか。お互い口に出さなくても分かり合えるもんだ。それが親子ってもんさ。
アニ　わたくしは、わかりませーん！（ばったり倒れる）
ドス　チッ、寝ちまいやがった。
カカ　仕方のない子だよ。やっぱりあの男の血がしっかり流れてる子だよ。酔っ払った時の目つきなんかあれにそっくりだ。殺されるかと思ったよ。どうしようかねえ、どうしたもんかねえ、この子は。前科者だよ。前科者がいい仕事につけるわけないからねえ。どこで間違えたのか、この子はうまくやっていくと思ってたのに。面倒を見てもらおうと思ってたのが大誤算だよ。こっちが面倒見てやんなきゃならなくなってしまった。
アニ　（むっくり上半身を起こし）聞いてたぞ。（立ち上がり、出刃包丁を懐から出す）
カカ　！
アニ　かあさん、死んでくれよ。

と凄むがやはり酔っていてよろよろと足が定まらない。

ドス　こんなこったろうと思ってたよ。
アニ　おれを自由にしてくれよぉ。（足がもつれる）
ドス　わざと酔っ払いやがったろ。

アニ　なにをっ！
ドス　貸せ。おれがやる。

ドス、アニの手から出刃包丁を奪い取って構えるが、持った手がぶるぶる震える。

カカ　やれるもんならやってみなさい！
ジン　やめろよ、にいさん。

ジン、ドスの腕を押さえる。ドス、暴れる。アニがよろよろとそれに加わる。三兄弟でもみあう。もつれてジンの肩口に出刃包丁が刺さる。

ドス　あ。
カカ　ジン！（座り込むジンに）ジン！　ジン！
ジン　だいじょぶだよ、かあさん。
カカ　（誰に言うでもなく）お医者様を呼んで、お医者様を！
ジン　やめてくれよ。かあさん、ぼくにもうかまわないでくれよ。（よろよろと立ち上がり）
カカ　かまわないでって、どうするつもりだよ？
ジン　仲間の小屋に行くよ。

カカ　あんなところ行ってどうすんだよ。
ジン　仲間にはいろんなやつがいるからこれぐらいの傷なんとかなるさ。もうこの家でなんだかんだ起こるのはやめにしたいよ。それとも穴を掘ってぼくを埋めるかい？　それでもかまわないよ。
カカ　ああーっ、何を言ってんだよ。この子は！
ジン　この子この子って言うのは止めてくれないか、かあさん。（よろよろと歩きだす）かあさん、ぼくを産んで育ててくれてありがとう。今でもかあさんは大事なかあさんだ。でも、今のぼくには大事なのはかあさんだけじゃないんだ。仲間がいるんだ。ぼくはこれから仲間と生きて行くんだ。（よろよろと去る）
カカ　（ジンを見送り）……。
ドス　（見送り）……。
アニ　（見送り）……。
カカ　（わっと泣く）
ドス　……。
アニ　……。
カカ　（すっと泣き止み、さっと立ち上がり）……弟は殺されたんだ。あの男に……たぶん……そうに決まってる。可愛い弟でね。ジンと顔も性格もそっくりだよ。庭に埋めたかどうかなんて知りやしないよ。夢のなかに弟の笑顔が出て来ると、おまえたちも必ずあいつに殺されると思ったのさ。……あたしを殺して先に進もうってんなら、台所に包丁があるよ。……さあ、どうすんだい？　やるならおやりよ。でも、あたしを殺してどうしようっていうんだい？　あたしから自由になりたいとでも言うのかい？　おまえたちはもうとうに自由じゃないか。あたしの手元からもう十分離れているじゃないか。あたしがいなくたっておまえたちは生きていけるんだ。それがあたしにはさびしいんだ。それを認めるのが耐えられないんだ。この気持ちをわかって欲しいなんてもう言わないよ。おまえたちはわかろうとしないから。わかろうとしないおまえたちを育てたのは、あたしだ。全部あたしの責任なんだ。

ドス　それは違う……

カカ　ドス、もういいんだよ。おまえの言いたいことはわかっているから。わかっていてあたしはこんなこと言ってるんだ。ぐたぐだぐたぐだ言ってるんだ。ぐたぐだ言うのが母親ってもんさ。おまえたちのことをいつだって考えてんだ。だから誰になんと言われようとこの家を手放さない。家を守る土地を守るってことはね、おまえたちを守るってことさ。本気で守ろうとしたら、いい人間でばかりいられやしない。……疲れたわ。なんだかんだと疲れた。かあさん、ちょっと横にならせてもらうよ。

カカ、襖の向こうの暗がりに消えて行く。

ドス　（見送り）……。

アニ　（見送り）……。

カカの消えた暗がりに鈍い光が宿る。

アニ　かあさん。

アニはカカを追って消える。

ドス　（つぶやく）かあさん、ぼくは家を出ます。

ドス、違う方向に去る。

襖の奥に家族写真が浮かび上がる。

幕。

２０１６年のあとがき

２０１１年から２０１３年の間、私とティーファクトリーは長年の念願であったピエル・パオロ・パゾリーニの戯曲の連続上演を実現させました。そのために、『路上３・11』という小公演はあったものの、作・演出を兼ねた公演からは遠去かった三年間となりました。もっとも、ここは誤解されやすいのですが、この間まったく戯曲を書かなかったわけではなく、『４』と『神なき国の騎士』を書き下ろし、他人の演出の手に委ねています。

ここに収めた三作品の初演は、すべて私が作・演出をしており、最初の『生きると生きないのあいだ』は三年ぶりの作・演出を兼ねた公演の戯曲です。

自分のこれまでの演劇人生を章立てにしてみますと、第一章が第三エロチカと初期作品の80年代、第二章が海外公演とポスト・ドラマへの肉薄の90年代、第三章がティーファクトリーによる公演となります。第三章のなかにおいては『新宿八犬伝　第五巻―犬街の夜―』による第三エロチカ最終公演、『路上』シリーズ公演、パゾリーニ戯曲上演、『4』などの執筆オンリーの仕事という具合に細かく章立てで分けると、さらにわかりやすいでしょう。まあ、どなたに向けてのわかりやすさなのか、自分でも書いていてよくわからないのですが。

さて、そこで2014年の『生きると生きないのあいだ』から第四章が始まったと実感しています。だからこの戯曲集は新しいチャプターの高らかなスタート宣言です。もっとも戯曲が出版業界において資本主義商業原理から遠く離れてから久しく、何をもってして「高らかな」と形容できようかと忸怩たる思いで満杯ですが、絶滅危惧種を誇りとして戯曲を発信したいという思いは変わりません。この世相においてこうした発信の場を与えてくれる論創社の皆々様には感謝し切れません。

諦めないぞよ、というのが「高らかな」の内実です。

それでは第四章の内実とはいかなるものなのでしょうか。

それは戯曲の文体の模索をこれまで以上に意識的に戦略的に実行するということです。私は今現在、戯曲を書くことに愉楽を覚えていて、元気です。しかし、この愉楽の感覚が完成度の高さと結託できているかどうかは自分で判断すべきものではないし、出来るものでもありません。また、元気であることは、戯曲の内容が明るく陽気であるということでもありません。私の実感からすると、気分がすぐれない日々に書くもののほうが安逸な明るさに満ちていたりします。

『生きると生きないのあいだ』は、サミュエル・ベケット的世界をレイモンド・チャンドラー的意匠に置換することを目論みました。なかなかに乱暴な言い方です。ひとつの文節に二回も「的」が使用されています。ベケット的とは、生と死が同じ地平に等価に存在する世界を指しています。生者と死者が自然に登場人物として対話します。ジョニーとメイは生者で、マリオ、アーサー、サムは死者です。マリオは指が再生する異常体質の男ではなく、死者なので指を切り落としても、すぐにチャラになってしまうです。彼は自分が死んでいることに気がついていません。アーサーがやってくる死体農場は文字通り死者たちのコミュニティーで、ハリーの事務所は生者と死者の交差点の役割を果たしています。そもそもハリーという男こそが生きながらにして死者を抱え込んだ存在です。死者と対話ができるのです。

こうした登場人物たちをチャンドラー風の乾いた感傷に裏打ちされたハードボイルドの風景に投げ込んでやろうという趣向です。

『ドラマ・ドクター』は、ハリウッドの映画業界に、展開に行き詰まったシナリオを治すスクリプト・ドクターという職業があるという話からヒントを得て構想したものです。

しかし、最初から業界の裏話めいたものを書くつもりはありませんでした。

私はここでこれまでにない社会システムを探す登場人物を描いたつもりでいます。ドラマとは制度でありシステムであるから、「どこにもない物語」とは「いままでになかった社会システム」と同義です。

劇の後半に前触れなく現れる穴は、新しいシステムへの入り口で、穴の向こうに消えて行った若い劇作家たちはどうやらそれを獲得したらしい。その世界が、「あらかじめの意味のない世界」と呼ばれています。

書いた本人である私は希望に満ちた結末だと思っています。

『愛情の内乱』の男たちは、ドストエフスキーの『カラマーゾフの兄弟』の三人の息子、ドミトリー、イワン、アレクセイ、そして非嫡出子のスメルジャコフからインスパイアされています。しかし、『カラマーゾフの兄弟』で前半権勢を振るう父親は、私の物語では始まった時点ですでに不在です。こうした圧倒的な存在感を持つ父親は、現在あり得ないという思いが、父親不在の設定にさせたのでしょう。

さまよえる息子たちは、父殺しを経ても自由を獲得することはならず、母の愛、家族の絆という概念にがんじがらめです。がんじがらめなのはこの息子たちに留まりません。ドラマにとっても母の愛、家族の絆は神聖で侵すべからずの領域で、これらはしばしば良質のドラマと呼ばれる物語の帰結として機能します。それはかつてのテレビ・ドラマ『水戸黄門』の天下の印籠の如きです。

それを出されたら誰もが「へへーい」とひれ伏さなければなりません。

一度、ひれ伏すのをやめて、頭を上げてしかと見てみたいと思って書いたのがこの戯曲です。私が母物をやろうと書き進めると、出来上りはこうなってしまう。

とまあ、サーヴィス精神にまかせて三作品の解説めいたものを書いてしまいましたが、作家の言うことが正解とは限りません。読者、観客の皆さんには、どうかそれぞれの読み方、見方で触れていただきたい。

様々な解釈を呼び起こしてこそ、戯曲の成功だと思っています。

上演を希望される方はティーファクトリーにご連絡下さい。メール・アドレスは info@tfactory.jp

新たなチャプターのスタートである三作品を共に生み出すに至った俳優、スタッフの方々に感謝します。

最後に文中で触れた通り、果敢に出版してくださった論創社の森下雄二郎氏に感謝します。

２０１６年４月・三猫亭にて

川村　毅

◉ STAFF

演出 ———————— 川村 毅
照明 ———————— 奥田賢太（生きると生きないのあいだ）
原田 保（ドラマ・ドクター）
大島祐夫 (愛情の内乱)
音響 ———————— 藤平美保子（生きると生きないのあいだ）
原島正治（ドラマ・ドクター、愛情の内乱）
衣裳 ———————— 田邉千尋
ヘアメイク ———————— 川村和枝
演出助手 ———————— 小松主税
舞台監督 ———————— 小笠原幹夫
宣伝美術 ———————— 町口 覚
製作 ———————— 平井佳子

◉提携 ———————— 公益財団法人 武蔵野文化事業団
◉助成 ———————— 文化庁文化芸術振興費補助金
◉企画・制作／主催 ———————— 株式会社ティーファクトリー

『生きると生きないのあいだ』
初出：早川書房「悲劇喜劇」2014 年 9 月号

初演上演記録

『生きると生きないのあいだ』

2014年9月27日～10月5日　吉祥寺シアター

◉ CAST

ハリー ―――― 柄本 明
ジョニー ―――― 川口 覚
マリオ ―――― 戸辺俊介
アーサー（老人）―――― 伊藤 克
メイ ―――― 岡田あがさ
サム ―――― 笠木 誠
男 ―――― 手塚とおる

『ドラマ・ドクター』

2015年10月23日～11月2日　吉祥寺シアター
吉祥寺シアター10周年／平成27年度(第70回)文化庁芸術祭参加公演

◉ CAST

ドクター（トーマス）―――― 河原雅彦
ヘンリー ―――― 末原拓馬
トニー ―――― 堀越 涼
サラ ―――― 岡田あがさ
アスラム ―――― 笠木 誠
ヘルマン・プレミンジャー ―――― 伊藤 克

『愛情の内乱』

2016年5月12日～25日　吉祥寺シアター

◉ CAST

カカ ―――― 白石加代子
アニ ―――― 大場泰正
ドス ―――― 兼崎健太郎
ジン ―――― 末原拓馬
ハル ―――― 笠木 誠
とら ―――― 蘭 妖子

川村 毅（かわむら・たけし）

劇作家、演出家、ティーファクトリー主宰。
1959 年東京に生まれ横浜に育つ。
1980 年明治大学政治経済学部在学中に第三エロチカを旗揚げ。86 年『新宿八犬伝 第一巻』にて当時 26 歳の若さで劇作家の登竜門「岸田國士戯曲賞」を受賞。2010 年 30 周年の機に『新宿八犬伝 第五巻』完結篇を発表、全巻を収めた [完本] を出版し、第三エロチカを解散。
以降 3 年間、新作演出による舞台創りを控え、P.P. パゾリーニ戯曲集全 6 作品を構成・演出、日本初演する連作を完了。
2014 年リスタートと位置づけた新作演出舞台の創造を吉祥寺シアターと共に開始。

2013 年『4』にて鶴屋南北戯曲賞、文化庁芸術選奨文部科学大臣賞受賞。
2002 年に創立したプロデュースカンパニー、ティーファクトリーを活動拠点としている。戯曲集、小説ほか著書多数。 http://www.tfactory.jp/

川村毅戯曲集 2014－2016

2016 年 5 月 5 日　初版第 1 刷印刷
2016 年 5 月15日　初版第 1 刷発行

著者 ―――― 川村 毅
発行者 ―――― 森下紀夫
発行所 ―――― 論創社
〒 101-0051　東京都千代田区神田神保町 2-23　北井ビル
tel. 03(3264)5254　fax. 03(3264)5232
振替口座 00160-1-155266　http://www.ronso.co.jp/

ブックデザイン ― 奥定泰之
印刷・製本 ―― 中央精版印刷

ISBN978-4-8460-1535-0